W0243808

laGalerajove

LA CLOSCA PELADA DELS CRETINS

JAUME COPONS

laGalerajove

Primera edició:
març del 2003

Primera edició en aquesta col·lecció:
novembre del 2012

Cinquena impressió:
febrer del 2017

Disseny gràfic de la coberta: Mariano Rolando
Disseny gràfic del interior: clase
Fotografia de coberta: MorgueFile-seemann

Correcció: M. Mercè Estévez
Maquetació: Montserrat Estévez

Edició: Clara Ametller
Direcció editorial: Iolanda Batallé

© Jaume Copons, 2003
© La Galera, SAU Editorial, 2003
per l'edició en llengua catalana

Casa Catedral ®
Josep Pla, 95
08019 Barcelona
www.lagaleraeditorial.com
lagalera@lagaleraeditorial.com
facebook.com/lagalerayoung
twitter.com/laGaleraYoung
instagram.com/lagalerayoung

Imprès a Limpergraf SL
Mogoda, 29-31 Polig. Ind. Can Salvatella
08210 Barberà del Vallès

Dipòsit legal: B-31648-2012
Imprès a la UE
ISBN 978-84-246-4746-9

Qualsevol mena de reproducció, distribució, comunicació pública o transformació d'aquesta obra resta rigorosament prohibida i estarà sotmesa a les sancions establertes per la llei. L'editor faculta el CEDRO (Centre Espanyol de Drets Reprogràfics, www.cedro.org) perquè n'autoritzi la fotocòpia o l'escaneig d'algun fragment a les persones que hi estiguin interessades.

Índex

Civilització *versus* Galerna

D'entre tots els seients del tren que podia triar, em va tocar el del costat del pesat de torn, aquesta mena d'individu que es mor per explicar-te on va, què hi va a fer i, de passada, pretén que li facis un resum de la teva vida.

—Doncs vaig agafar en Solà, un company de classe, i vaig trencar-li una cadira al cap. Després, abans que es pogués aixecar, vaig saltar-li a sobre i vaig donar-li cops de puny fins que el vaig deixar inconscient. Llavors, a l'institut, em van obrir un expedient, però com que els pares del noi em van denunciar, a més a més de l'expulsió fins a finals de curs, vaig estar sota arrest domiciliari, tancat a casa, vull dir. Al cap de quinze dies, però, el meu pare va aconseguir que em deixessin sortir de casa per anar a fer els exàmens finals. I ara, que m'han aixecat l'arrest, tot i que estic pendent de judici, com que el curs s'ha acabat, els meus pares m'envien a casa d'una tia meva mig hippy mig pagesa fins que ells comencin les vacances. Em tenen una gran confiança. Suposo que volen que se m'encomani el bon rotllo, la pau i altres bogeries.

Acabat el monòleg, el meu company de viatge va continuar callant com un mort. Ni tan sols parpellejava. Suposo que, tot i que al tren no hi havia cap cadira, no se la volia jugar.

De tots els càstigs que els pares haurien pogut imaginar, no en van trobar cap de millor que intentar matar-me d'avorriment. I què? Després d'un mes i mig sense gairebé veure la llum del sol, quinze dies en una masia, per més malament que anessin, no podien ser gaire pitjors. I així, a Galerna, una ciutat petita i avorrida a cent quilòmetres del mar, m'esperava la germana petita de la mare, l'Anna, hippy, pagesa i ceramista.

Quan els pares van dir que m'enviaven a Galerna, vaig quedar-me veient visions. Es passaven la vida criticant l'Anna per les coses que feia i les que deixava de fer, però, arribada l'hora de la veritat, m'hi enviaven. I, a més, encara s'havien atrevit a dir que hi faria salut!

L'andana de l'estació de Galerna era plena d'estrangers. Suposo que era temporada de recol·lecció o plantació o què sé jo quines altres històries s'hi fa, als camps! Era estrany que, mentre tot el país s'omplia de magrebins, Galerna s'omplís d'immigrants de cabells rossos, ulls clars i pell lletosa, que, lluny de fer pinta de turistes, semblaven acabats de sortir d'una pel·lícula europea —i dolenta— de finals dels anys setanta.

—Roc, Roc...

Després de sentir el meu nom, vaig rebre una abraçada enganxosa. Era ella. Era l'Anna. Va passar ràpidament pels temes «et veig més alt», «què fan els pares» i «com han anat els exàmens» i, seguidament, va anar al tema central de la pel·lícula:

—Aquesta vegada t'has superat!

Em vaig encongir d'espatlles. No tenia ganes de repetir una història que en els darrers dies havia hagut d'explicar del dret i del revés. D'altra banda, segur que tampoc no feia falta explicar res. La mare, en algun dels múltiples correus electrònics que ella i l'Anna s'havien enviat aquells dies, la devia haver posat al cas de tots els detalls. Segur que també, encara que només fos en part, devia haver intentat justificar-me. I què m'importa a mi!

Sense que l'Anna deixés de xerrar, com si li donessin corda, vam entrar al seu cotxe, un dels darrers Renault Quatre del planeta, per dirigir-nos a casa seva, a uns deu quilòmetres de Galerna, sis o set per carretera i tres o quatre per pista de muntanya, és a dir, per camí de carro. L'Anna vivia a Ullàs, un poble de mala mort, tan de mala mort, que, de fet, no existia. Ullàs eren dos masos, l'un encarat a l'altre, i a dos-cents i pocs metres, un tercer, el de l'Anna. Això era tot. Si Galerna era avorrida, Ullàs era per podrir-s'hi!

—Demà arriba el meu company i d'aquí a dos dies, la Mariona, la seva filla. Us agradareu —afirmava—. Teniu més o menys la mateixa edat.

«El meu company!» Inaguantable! Per què no podia dir el meu marit, el meu home o el meu promès? No. Ella deia «company», menjava pa integral i feia sopes de pastanaga, quan tothom sap que les pastanagues, com a màxim, són per a les amanides! L'Anna era estranya. No feia res que fos normal. D'un dia per l'altre va deixar la seva feina de mestra, va anar-se'n de la gran ciutat i es va posar a fer ceràmica per vendre-la de mercat en mercat. I ho va fer fins que va conèixer el «company» i tots dos van establir-se a Ullàs, sense llum, sense aigua, sense rajoles, sense res de res; amb forats a la coberta, amb dues vaques, vint gallines, dos o tres ànecs, tres gossos, un hort, un taller de ceràmica. I, el que és pitjor, sense televisió! L'Anna es dedicava a fer bols, càntirs i altres peces d'alta tecnologia, i el «company» feia feines per a editorials i diaris, i, mentrestant, tots dos es dedicaven a restaurar el mas i a viure en el més patètic i putrefacte dels avorriments.

Mentiria si no reconegués que el treball de reforma i restauració del mas i de l'entorn era sorprenent. A banda i banda de l'últim tram del camí que portava fins a la casa havien plantat arbres i arbustos que donaven a l'entrada una aparença de túnel verd. Era com l'entrada a una part diferent del món, un camí que ja m'engolia i que em portava al que havia de ser el meu món, almenys durant els quinze dies següents.

—T'ajudo amb la bossa? —va oferir-se quan ja érem fora del cotxe.

—No. No cal.

L'Anna va anar-se'n cap a una de les construccions del costat del mas, on tenien els animals i jo em vaig quedar plantat al mig del que havia estat l'era, una circumferència perfecta, empedrada i envoltada per un mur. El mas tenia dues plantes i les golfes, i de cada costat en sortien dos edificis més, que devien haver estat edificats més tard, però que respectaven l'estil de la construcció.

Enfilat al mur de l'era, vaig veure les altres dues cases d'Ullàs i enllà, darrere de la muntanya, endevinava que en un lloc o altre havia d'haver-hi Galerna i, encara més enllà, la civilització real.

Em va tocar una bona habitació a la planta de la casa, relativament a prop de la cuina, el menjador, la sala i altres habitacions que antigament havien estat les corts dels animals. La meva habitació era àmplia i tenia una taula sota d'un gran finestral, una estufa de llenya, un llit de matrimoni i una muntanya de llibres. Llàstima de tele. M'hauria conformat amb una de les petites, en blanc i negre.

—El dinar és a taula!

Ja hi érem. Ni tan sols havia tingut temps d'examinar l'habitació que l'Anna ja em feia fora. Un dels molts defectes de l'Anna era que li agradava molt organitzar la vida del altres. Això li devia venir de la seva època de mestra: ara toca això, ara toca allò. Els pares sempre deien que els nens no li feien ni cas, i que amb aquell caràcter seu de no cridar i no castigar no podia anar enlloc. A vegades, fins i tot suggerien que l'Anna havia deixat l'escola justament per aquest fet. Però la realitat és que, a l'Anna, no li feia falta cridar, en tenia prou amb el seu propi convenciment i amb la insistència. Era pesada en extrem.

Vaig mirar-me el rellotge. Els meus companys de l'institut devien estar recollint les notes. I els professors? Els professors devien ser a la seva sala. Uns, revisant notes i els altres possiblement encara devien parlar de l'estat en què va quedar en Solà quan el vaig deixar estar. La Seca, la meva tutora, ja devia tenir ensobrades les meves notes, per a quan els pares passessin a buscar-les.

El dinar va començar sense sorpreses, d'una manera

molt pròpia de l'Anna: verdura. La tieta hippy havia comprat una mena de cassola xinesa —*Wok* o *Wook* o *Wock*, crec que va dir que es deia—, que servia per estofar les verdures. No podia bullir-les, que és el que fa la gent normal? No, ella havia d'estofar-les amb herbes i no sé quantes porqueries més. De segon, pollastre. Un pollastre que no tenia res a veure amb els que menjàvem a casa (ni la pell, ni el gust, ni la mesura) i que havia estat criat per l'Anna i el «company». La pobra bèstia només havia menjat gra i verdura. Fins aquí, tenia la seva gràcia, el que era preocupant era saber què era en realitat el que menjàvem a casa? Colom? Gavina? Rata amb ales? Més valia deixar-ho córrer. De postres, fruita, fruita i fruita. De Coca-Cola, ni rastre.

—A la tarda he de treballar una estona. Tu què faràs?

—Jo?

Què n'havia de fer, del que jo fes o deixés de fer? Quan les nostres mirades es van creuar vaig veure, més ben dit, vaig poder sentir perfectament, com un ressò llunyà, la veu aguda de la mare demanant a l'Anna que em fes treballar.

—Em desfaré la bossa.

—Bé, doncs com que això no t'ocuparà gaire estona, cap al tard pots entrar les vaques a l'estable i, després, pots recollir els ous.

Vaques! Ous! Quina animalada! Vaig anar-me'n a la meva habitació, vaig remenar la bossa per treure el discman, la funda que contenia els discos compactes i el meu contacte amb el món real, el telèfon mòbil. Com que l'Anna no tenia telèfon, no vaig acceptar anar a casa seva fins que vaig aconseguir que la mare em deixés emportar-me el mòbil. Però fins i tot això havia de sortir-me malament. No hi havia cobertura! Tard o d'hora hauria de demanar-li que em deixés fer servir l'ordinador i el correu electrònic, perquè de línia telefònica sí que en tenia. Es veu que la negativa al telèfon —tot i que era difícil d'entendre— era una qüestió ideològica. L'Anna avorria el telèfon i el microones —que, com tothom sap, és un dels millors invents de la humanitat després de la roda i la Coca-Cola—, en canvi, per exemple, tenia un congelador d'aquests que tenen als bars, i un escàner, i això no li comportava cap problema ètic. Com s'entén, si és que es pot entendre?

Em vaig estirar al llit, amb el discman a tot volum i, per primera vegada d'ençà que havia marxat de casa, em vaig sentir bé, potser perquè una de les cançons em va recordar el darrer divendres que havia sortit amb els meus amics. Aquell dia em vaig posar una mica nerviós perquè la Mercè i en Sergi no paraven de fer-se petons i no feia ni dues setmanes que ella i jo havíem tallat. Com pot ser així, la gent? Si es volien petonejar, per què no se n'anaven ells dos sols? I, amb tot, en Sergi no deixava de ser un dels meus millors amics. Quan em van fer l'expedient i em van enviar a casa, tots dos, la Mercè i en Sergi, van venir a veure'm cada dia per portar-me els apunts i per fer-me companyia. No fallava mai: tard o d'hora, venien i, tard o d'hora, es morrejaven.

Entre cançó i cançó, vaig sentir els lladrucs dels gossos i em va semblar que també sentia un cotxe. Vaig continuar escoltant música fins que un dels gats del mas em va passar per sobre i va estar a punt de provocar-me un infart. Immediatament vaig anar-me'n fora perquè em toqués l'aire i per poder seure al banc de pedra que hi havia al costat de la porta. Quinze o vint metres enllà, tocant a l'era, l'Anna parlava amb dos tipus que tenien aparcat un quatre per quatre imponent al costat de la bassa. Mentre parlaven, l'Anna anava fent que no amb el cap. Finalment, els dos tipus, tots dos ben encorbatats, van girar-se-li d'esquena, van pujar al cotxe i van desaparèixer. Per la manera com es van acomiadar, no semblava que fossin grans amics de l'Anna.

—Què volien? —vaig demanar.

—No res. S'havien perdut.

Sí, perdudíssims. Era clar que l'Anna no pensava explicar-m'ho. Vaig acompanyar-la al seu taller, dues habitacions més enllà de la meva. Mentre ella es dedicava a fer uns petits bols, jo vaig agafar un tros de fang i vaig començar a masegar-lo. Primer pretenia fer una cara; després vaig intentar fer una capsa; més tard, una rajola on pogués deixar escrita alguna cosa, però em va semblar una idea un pèl xarona, i, al final, vaig conformar-me amb una bola.

—Una bola! Com els nens petits! —va dir la llesta.

—No és una bola. És una pilota de cuir. I està tan ben cosida que no es veuen els fils.

Ella va riure; jo no, jo reia per dins, però no em podia enganyar: amb les mans, sóc un inútil. Un nen de quatre anys hauria millorat aquella bola sense cap esforç.

Finalment, va arribar la part més bèstia del dia. Pel que fa als ous, me'n vaig sortir prou bé, tot i que amb un cert fàstic. Deu ser perquè sóc de ciutat, però veure'm envoltat de vint gallines que em miraven atentes sota la llum d'una bombeta pelada no em va fer cap gràcia. La culpa deu ser d'*Els ocells*, aquella pel·lícula de Hitchcock en la qual els ocells es tornen bojos i ataquen les persones. Fos com fos, amb els ous me'n vaig sortir. El problema van ser les vaques. Jo anava cap aquí, elles anaven cap allà; jo anava cap allà, elles anaven cap aquí. Em va passar pel cap agafar un pal per amenaçar-les, però em va fer por que s'emprenyessin i m'envestissin, i vaig acabar llençant-lo. Mai no he vist cap vaca atacar ningú, però, vistes de prop, impressionen força.

—Anna, les vaques passen de mi! —vaig dir per explicitar el meu fracàs.

L'Anna va venir i, simplement, picant de mans al darrere de cada vaca, mentre repetia la paraula *maques*, va aconseguir emportar-se-les cap a l'estable.

—Has vist que fàcil?

—Si m'haguessis donat el llibre d'instruccions!

Vaig quedar-me assegut al banc de l'entrada, intentant pensar alguna manera de superar l'horrorós avorriment a què em condemnava l'estada al mas, i, quan començava a pensar que en algunes presons la vida devia ser més divertida, l'Anna va sortir embolicada amb una tovallola i es va dirigir cap a la bassa. De cop, quan era a prop de l'aigua, es va treure la tovallola, va quedar en pilotes i s'hi va llançar de cap. Que fos la meva tia em tallava, però descobrir que, a més a més, estava tan bona em va acabar d'empanar.

—Roc, vine! L'aigua està boníssima!

Ho tenia clar si es pensava que em despullaria davant seu!

—Passo! —vaig cridar.

—Tu t'ho perds!

Quan va sortir de l'aigua, vaig intentar enretirar la mirada. Ella es va lligar la tovallola com si fos una faldilla i, per tant, els pits li van quedar a l'aire. Es necessita morro! Quan es dirigia a mi, jo intentava respondre sense aixecar el cap per no mirar-li les tetes.

—Vaig a preparar el sopar —va dir, de la manera més natural del món.

Visca! Amb les peres a l'aire! Que no s'adonava que sóc un adolescent i que la meva vida sexual és un desastre! Bé, exactament no és un desastre, és molt pitjor que tot això. És inexistent. Qui sap les conseqüències desastroses que aquella visió podia tenir en la meva vida sexual futura. No devia ser el primer nebot que s'enamora d'una tieta. Si tingués una mica més de memòria recordaria el nom d'un escriptor sud-americà que es va embolicar amb la seva tia. La professora de literatura ens ho havia explicat com a arma per veure si així ens l'escoltàvem una estona.

Mentre sopàvem, l'Anna, per no perdre el costum, parlava sense parar i jo me la mirava i deia que sí o que no amb el cap, segons em semblava, però no me l'escoltava. Només podia pensar que, malgrat que era la germana petita de la mare, no tenia res a veure amb ella. S'assemblaven en el nas i els ulls, i para de comptar. Pel que feia a la manera de ser i de fer, crec que seria difícil trobar dues persones més diferents. I com que la diferència no és cap garantia de diversió, vaig somriure, perquè em vaig imaginar la meva mare en pilotes llançant-se de cap a una bassa. Vaig dir que sí.

—Sí, què? —va preguntar—. Tu m'escoltes?

Vaig tornar a somriure per no haver de respondre i, per tant, ni tan sols no vaig saber què havia dit. La veritat és que m'importava un rave.

Un cop al llit, els mil sorolls de l'exterior i de l'interior, els animals i el vent en passar per entre les teules o per entre les fulles dels arbres, els corcs de les bigues, el cruiximent de parets i sostres, em tenien ben distret. Però tots aquests sorolls eren poca cosa comparats amb el soroll del meu propi cervell, quan pensava com podia lluitar contra l'avorriment i el temps.

La vida se m'havia complicat de mala manera. Per quin estrany motiu la vida no pot ser més senzilla? Créixer, anar a la universitat, fer-se ric... No ho sé... Coses normals.

Animals humans. Animals, animals

No va ser necessari sortir del llit per saber què havia dit l'Anna mentre sopàvem el vespre anterior. La cosa era que a les vuit tocava diana i, fora del mas, el seu «company», tot just acabat d'arribar, ja traginava sacs amunt i avall, amb una alegria matinera incomprensible.

El «company» era un d'aquests progres d'uns quaranta anys, amb barba, ulleres rodones i els cabells llargs i grisosos. Com que es dedicava a escriure, anava d'intel·lectual per la vida. Ens havíem vist un parell de vegades a casa dels avis, per Nadal, suposo, i ja el tenia clissat. Era un d'aquests tipus que tot ho entén i tot ho justifica. Segur que fins i tot s'havia mostrat comprensiu quan l'Anna li devia haver explicat el que jo havia fet a l'institut.

Així que vaig ser fora del mas, va venir a saludar-me cordialment —com si vingués a dir «els nebots de l'Anna són els meus nebots»—. Em va desitjar una feliç estada i se'n va anar directament a la cuina per veure què preparava per dinar. Era el nou home, un d'aquest tios que cuinen i desparen taula, que posen rentadores, estenen la roba i fan el llit. Un pesat, un pal de tio.

—Així que t'estaràs aquí dues setmanes? —va preguntar, com si no ho sabés de sobres.

Aquesta era la pregunta d'un pesat de marca. Ell sabia que m'hi estaria dues setmanes, jo ho sabia, l'Anna ho sabia i tots plegats sabíem el perquè. Així doncs, aquella pregunta no era altra cosa que ganes de remenar la merda.

—Quin remei! —vaig dir intentant ser correcte.

—Demà arribarà la meva filla. Quants anys tens tu?

—Disset.

—Ella, quinze. Segur que us avindreu. Podeu anar a la festa major de Galerna. Fan concerts, teatre, la fira del bestiar...

La fira del bestiar! Quina il·lusió! Em podria comprar uns ànecs o uns quants porcs! Sí, i després la nena i jo podríem participar en les carreres de sacs, a la gimcana i, al final, trencaríem l'olla i recolliríem els caramels! Només de pensar-ho em venien arcades. I cada vegada que recordava la nena, a qui havia vist feia un parell d'anys, l'arcada em retornava empitjorada.

—Demà al matí, si vols, pots acompanyar-me a buscar la Mariona. Arriba a dos quarts de vuit.

Dos quarts de vuit! Definitivament el «company» era boig. Què havia de fer jo, a dos quarts de vuit del matí, dins d'un Renault Quatre per aquelles carretes de mala mort? Era increïble. Jo no deia ni que sí ni que no a res, i ell continuava parlant i interpretant els meus silencis com li sortia dels collons.

—Saps munyir?

—Suposo que sí —vaig improvisar.

—Molt bé, després munyirem les vaques. Ara anem a buscar un conill?

No era cap mena de pregunta, ni tan sols una proposta. Era una ordre pura i dura. Per no discutir vaig seguir-lo fins al darrere de casa, on tenien els conills.

—Quin t'agrada?

—Aquell —vaig dir assenyalant-ne un de blanc, a l'atzar.

El «company» va entrar al tancat i en va sortir amb el conill que jo havia triat agafat per les potes del darrere. Es va aturar davant d'una mena de taula i, amb tota la calma del món, va treure un ganivet del calaix del moble, va colpejar el clatell de la bestiola amb el mànec, li va fer un trau al coll i va deixar que l'animal es dessagnés mentre el continuava sostenint.

La mare que el va parir! Hauria pogut avisar que ens disposàvem a fer un salvatjada amb aquell pobre animal. Almenys jo sabia que en Solà era un desgraciat, però aquella pobra bèstia...

Unes quantes hores més tard, vam menjar-nos el conill guisat amb xocolata. Era tan bo que fins i tot vaig oblidar la seva mirada de llàstima. Així com l'Anna tenia tendència a menjar porqueria de color verd, el company era un autèntic boig de la cuina. El meu pare hauria dit «un sibarita», però trobo que la paraula és bastant repugnant, la veritat.

Després de dinar va arribar un moment llargament esperat d'ençà de la meva arribada al mas. El «company» va portar-me a l'habitació on ell treballava i va ensenyar-me el seu ordinador.

—És l'única manera de poder treballar des del mas. Ho envio i ho rebo tot per correu electrònic.

—El puc fer servir?

—Sí, és clar. Cap problema.

Després de tot, el «company», sense saber-ho, havia esdevingut la meva possibilitat de connectar amb el món exterior, el món real de l'asfalt, els bars, els cinemes, les botigues i la resta de coses indispensables per viure de manera diferent de les vaques i les gallines.

Tan bon punt va dir-me quina era la seva adreça electrònica i em va donar la contrasenya per entrar a Internet, vaig enviar un correu als pares per dir-los que estava bé i per demanar que, quan sabessin les notes, m'enviessin un correu a l'adreça del «company». Vaig estalviar-me d'explicar l'avorriment putrefacte a què em tenia condemnat la vida entre animals. I, parlant d'animals, va arribar l'hora de munyir.

Semblava senzill, havia de limitar-me a seure en un tamboret baix, agafar-me al mamellam de la vaca i anar estirant. Ni gota. El «company» anava omplint el seu cubell i jo l'únic que aconseguia és que la vaca a qui tocava les tetes —ara ja sé que aquest no és el nom exacte— em mirés emprenyada amb els seus ullassos brutalment inexpressius i terrorífics.

—No t'hi amoïnis. És una qüestió de pràctica. A mi el primer dia em va passar com a tu.

—De veritat?

Li hauria dit que jo no m'imaginava sent com ell ni en el pitjor dels meus malsons i, en canvi, em va sortir aquell «de veritat?» amb veu de bon noi. Si arribo a saber el que provocaria la meva pregunta, me l'estalvio i passo directament a l'atac. La pregunteta va donar peu a fer que m'expliqués una història que es remuntava a la prehistòria gallega, quan els seus avis, que feien de masovers en una casa pairal de no sé on de Lugo, li havien ensenyat no sé quin estúpid secret per munyir vaques.

Com podien parlar tant el «company» i l'Anna? Vaig creure que la resposta calia buscar-la en l'aïllament en què vivien i en el fet que no tenien televisió. S'havien acostumat a parlar sempre. Mentre menjaven, mentre cuinaven, mentre treballaven... S'explicaven què havien fet, què havien vist, com, quan, per què... No dic que no estigui bé una estona de xerrada, però per a mi, que l'únic que volia era marxar i retrobar els meus amics, era com suportar una creu que a mesura que passava el temps anava fent-se més pesant. Entre la mania de casa meva de no parlar, perquè la tele està engegada a perpetuïtat, i el que passava en aquell mas, suposo que deu haver-hi un punt intermedi.

—Té! —va dir el «company» oferint-me un got de llet.

Va anar d'un pèl que no li vomito el primer glop a la cara. Era llet, llet de veritat, llet acabada de sortir d'una vaca de cinc-cents o cinc mil quilos amb les potes enllardades d'una pasta marró molt sospitosa.

—Què? És diferent de l'aigüeta blanca que beus normalment, eh?

—Sí... Té gust de tifarada!

—Doncs imagina què deu ser el que beus a casa teva! Vaig a fer mató!

—Fes, fes —vaig dir mentre marxava per no veure'l

i, sobretot, per no dir exactament el que pensava de les seves vaques i de la seva llet.

Esperava que, després del got de llet, el «company» no em tingués reservada cap altra brometa. Un parell d'hores més tard, sèiem a taula davant d'unes croquetes d'espinacs de l'Anna i d'un remenat d'ou i espàrrecs que havia fet el cuiner. Tot i que vaig començar amb unes certes reserves, l'experiència no va tenir res a veure amb el tast de llet. L'única queixa era la mania persistent de menjar verd. Les postres van ser brutalment bones: mató amb nous i mel de romaní. Era boníssim! Totalment inexplicable que d'aquella llet repulsiva en sortissin aquelles postres delicioses.

Després de sopar vaig sortir un moment amb el «company» fora del mas. Li agradava sortir a fer el cigarret. El tio tenia un control absolut sobre el tabac. Se'n fumava un a mitja tarda i un altre després de sopar, i els assaboria com si fos l'última cosa que tingués prevista fer en aquest món. Tot al contrari del meu pare, que no va parar de fumar-se un cigarret rere l'altre fins a l'infart encara que cada diumenge, a l'hora de dinar, anunciava que el dilluns deixava de fumar.

—Adéu, Roig! —va dir mentre aixecava el braç.

—Vaig mirar cap on ell havia dirigit la veu i em va semblar veure un tipus que caminava en sentit contrari, cap a Galerna.

—Qui és aquest?

—Doncs ara que ho dius, no ho sé gaire. Es diu Roig i viu a la bauma d'en Perris. Una cova que hi ha passat el castell de Galerna.

—En una cova?

—Sí.

—Llavors, vols dir una balma!

—No, no. La gent de Galerna sempre n'ha dit la bauma d'en Perris; no deu ser gaire més gran que l'habitació on tu dorms, però des de fa moltíssims anys sempre ha estat ocupada per un o altre. El darrer va ser en Perris, d'aquí el nom. Entrem, que fa fresca!

Increïble! En ple segle XXI i un tio, al nostre país, encara vivia en una cova! Sisplau! No ho sé, potser era el clima o vés a saber què, el que feia que en aquella part del país tothom acabés xalant-se.

—Pau? On sou? —va cridar l'Anna des de dins de la casa.

—Ara entrem!

Increïble! Es deia Pau! No me'n recordava! Com li havien pogut triar un nom tan adient? Me'l vaig imaginar aixecant els dits en senyal de victòria i dient «pau, tios, pau!».

L'Anna i el company Pau van seure en dos sofàs, l'un davant de l'altre, cadascun amb el seu llibre. El silenci era absolut. De tant en tant, un gat els passava per sobre de les cames, o un dels gossos els posava el morro a la falda. Vaig anar-me'n a l'habitació i vaig triar un llibre, gairebé a l'atzar. Era una antologia de poesia. Vaig estar llegint una estona, intentant que tant silenci no acabés posant-me nerviós.

—És l'hora d'anar a dormir! —va dir l'Anna.

Ella i en Pau se'n van anar cap a dalt, a la seva habitació, i jo em vaig quedar assegut, tot pensant que l'Anna, com la meva mare, era d'aquesta mena de persones que quan tenen son, en lloc d'anar-se'n al llit, anuncien la frase «és l'hora d'anar a dormir» i, en general, els altres, encara que sigui per la molèstia de no haver de decidir o de discutir res, els fan o els fem cas.

Vaig tornar a sortir fora del mas i vaig pensar que, tot i que només feia dues nits que era en aquella casa, em semblava que feia mil anys que em movia entre gallines, vaques, pollastres criats amb gra i croquetes d'espinacs. I, a més, l'endemà arribava la nena! Només faltava això. La recordava de feia un parell o tres d'anys. Ens havíem vist una única vegada, el dia que els pares van decidir anar a veure el mas. La nena! Era insuportable. De cop, em va semblar que pel camí havia passat algun animal o alguna persona. Immediatament em vaig tancar dins del mas. Per si de cas.

Vaig agafar el llibre i me'n vaig anar a l'habitació. Quan estava col·locant el llibre a la postada d'on l'havia tret, se'm va escapar de les mans i va quedar obert per la meitat. El vaig girar i al mig de la pàgina per on havia quedat obert, entre dues barres gruixudes, hi vaig trobar un vers que deia «Escopiu a la closca pelada dels cretins». Em va semblar una bona idea. Si ens dediquéssim a escopir a la closca pelada dels cretins, ens quedaríem molt més tranquils. L'únic problema, en tot cas, seria que quan em sentís cretí m'hauria d'escopir a mi mateix.

Finalment, algú totalment boig

Véns a buscar la Mariona?

—Què? Qui? On? Quina hora és? —vaig preguntar mentre intentava obrir un ull.

—Són les set. Véns?

—No, no. No puc —de fet, amb prou feines podia desenganxar les parpelles.

—Molt bé. Fins després.

Ni tan sols no podia recordar que existís cap Mariona. Quan en Pau va sortir de l'habitació, vaig creure que m'havia deslliurat de llevar-me aquella hora. Ingenu! Dos minuts més tard, quan assaboria el meu triomf roncant de nou, l'Anna es presentava a l'habitació desbordada per no sé quines presses ni quina estranya alegria matinera.

—Bon dia! Jan, has de treure les vaques. Ah, i cal baixar patates.

—Baixar patates! —vaig afirmar des de la semiinconsciència—. Baixar-les, d'on? —vaig cridar.

L'Anna va explicar-me que, a les golfes, al tercer pis, hi tenia una sala ventilada plena de patates de la darrera collita esteses a terra. Em va semblar al·lucinant que es dediquessin a passejar patates amunt i avall de la casa, però aquest pensament no em va deslliurar de baixar-ne un cabàs que, pel cap baix, devia pesar mil o dos mil quilos, sense exagerar. Una mica més i em despenyo.

Superat l'assumpte patata, em vaig dutxar. Millor dit, ho vaig intentar, perquè, quan estava ensabonat de cap a peus, l'aigua va deixar de rajar. Vaig fer un crit a l'Anna, per avisar que no hi havia aigua. Estava segur que havia de ser una de les moltes modalitats de comoditat rural. De lluny, vaig sentir com l'Anna renegava i un minut més tard es presentava al lavabo amb dues galledes d'aigua freda. Visca la vida al camp!

—Té —va dir quan em passava les dues galledes—, esbandeix-te com puguis.

—Gràcies —vaig dir tapant-me com podia.

Vaig fer el que vaig poder i, després, embolicat en una tovallola i mig calçat amb unes sabatilles que devien ser de l'Anna, vaig dirigir-me cap a l'habitació. En el replà de l'escala vaig creuar-me amb en Pau i, una dècima de segon més tard, amb una noia que mirava amb el nas arronsat i que, forçosament, havia de pensar què feia allà aquell tipus ridícul amb el cap ensabonat i amb unes sabatilles set números més petites del que en realitat necessitava. Vaig saludar amb el cap abaixat i la mà aixecada, perquè tenia por que la veu no em sortís.

—Sóc la Mariona —va dir.

—Jo, en Roc —vaig dir empassant-me el ridícul.

Si m'haguessin dit que era hindú, m'ho hauria cregut. D'ençà que ens vam conèixer, havia fet un canvi espectacular. Havia crescut molt, portava el cabell molt més llarg, tenia pits —dos— i portava unes ulleres molt petites i ovalades. Era molt morena i tenia els ulls molt foscos, el cabell llarg, llis i negre i vestia uns pantalons folgats i amples i una samarreta de tirants. Era una mica més alta que jo. S'assemblava una mica a en Pau, però en guapo i sense barba.

Quan vaig tornar al menjador, convenientment vestit, no hi havia ningú, però vaig poder sentir que, a la cuina, l'Anna explicava a en Pau que s'havien tornat a quedar sense aigua. Fins aquí tot era normal. El que no em va semblar tan normal va ser el que va venir després.

—Què hem de fer? —preguntava l'Anna.

—No ho sé. Es cansaran, suposo.

—I si no es cansen?

—Se'n cansaran.

—Aquesta gent ha fet números i...

—Doncs si els han fet, que els desfacin!

—Ahir van venir a pujar l'oferta.

—Saps per on se la poden fotre l'oferta?

Quan en Pau es disposava a entrar, jo vaig fer veure que em disposava a sortir.

—Em pots ajudar? —va dir tot seriós.

Vaig fer que sí amb el cap i vaig seguir-lo. Va agafar un cabàs, va posar-hi unes quantes eines i me'l va passar. Ell va carregar-se un sac de ciment a l'esquena. Vàrem marxar, seguint un camí entre els arbres. Jo no sabia què estàvem fent exactament; però, per més de ciutat que sigui, sabia que no anàvem a buscar ni bolets ni cargols.

De cop, va aparèixer el que havíem estat buscant. Hi havia un sot a terra del qual brollava una gran quantitat d'aigua que es perdia muntanya avall. En Pau es va posar a merdejar dins del clot i, de tant en tant, em demanava que li passés eines.

—Què ha passat? —vaig demanar.

—A vegades algun desgraciat rebenta la canal d'aigua i llavors no toca més remei que fer una reparació d'urgència.

Sí, és clar, posa-me-la aquí, que no tinc butxaques! Després de la conversa que havia sentit, era clar que allò no era l'obra de cap desgraciat. Entre altres coses perquè els desgraciats no solen anar per la muntanya amb un pic a la recerca de canals i desguassos d'aigua. Quan vam tornar al mas, l'Anna i la Mariona, la filla d'en Pau, ja ens esperaven a taula. Amanida i estofat de vedella; de postres, fruita.

—Aquesta nit comença la festa major de Galerna —va dir l'Anna.

—Avui hi ha concert —va afegir en Pau.

Vaig aixecar el cap per trobar la mirada de la Mariona i quan els quatre ulls es van trobar, tots dos vam mirar cap a una altra banda.

—Si voleu, us hi porto —va oferir-se en Pau.

—Molt bé —va dir la Mariona.

—Bé —vaig repetir.

—Segur que trobareu la colla! —va alegrar-se l'Anna.

La paraula *colla* em va provocar una arcada. Em passa des de petit. Hi ha paraules que em provoquen nàusees. I la veritat és que no acabo de saber si és per la manera com sonen o pel que volen dir. *Colla*, *bastió*, *es-*

berlar, *andròmina*... I tantes altres! Una vegada, quan era petit, vaig intentar explicar-ho a una mestra, i va anar d'un pèl que no acabés al despatx de la psicòloga de l'escola.

No vaig mostrar-hi gaire interès perquè no volia que la Mariona es pensés que perdia el cul per anar amb ella enlloc. Em va explicar que era segur que trobaríem els seus amics. Com que venia de passar una setmana amb els seus avis, a la ciutat, la gran ciutat, la meva ciutat!, devia tenir mono d'amics. L'entenia. A mi m'estava passant el mateix i, a més, ni tan sols no tenia la possibilitat de comunicar-me amb ells perquè tots devien estar establerts als seus llocs d'estiueig, o fent estades a Anglaterra o qualsevol altra animalada similar.

Vaig passar part de la tarda a la meva habitació, escoltant música i llegint revistes velles d'història. D'aquí a aquí, m'empassava com eren de bèsties els colonitzadors d'Amèrica i, tot seguit, descobria les diferents hipòtesis sobre el que va succeir amb el cadàver de Hitler. Quan en vaig tenir prou, vaig sortir del mas i, sense cap motiu especial, per avorriment pur, suposo, vaig posarme a caminar muntanya amunt.

Mitja hora més tard passava pel davant de la torre, «el castell» havia dit en Pau. Molt típic dels que no són de capital! Si tenen una torre, l'anomenen castell; si tenen una riera, és el riu, i si per casualitat el riu fa un petit gorg, ja tenen estany. I després encara diuen que els de capital això i els de capital allò. El que s'ha d'aguantar!

Passat el castell, vaig arribar a la paret de roca on havia de trobar la bauma d'en Perris. Es tractava d'un forat, una autèntica boca a la roca, que s'eixamplava per dins. Tot i que era fosca, no vaig poder resistir-me a entrar-hi. Hi havia una construcció feta amb troncs i roba que semblava un llit. A sota hi havia dues caixes. En una hi havia roba; a l'altra, una càmera digital de vídeo, cintes, dues màquines de fotografiar, un munt de rodets i d'objectius, filtres i altres aparells que devien tenir alguna relació amb les màquines de fotografiar però que ni tan sols no vaig saber què eren. Als peus del llit hi havia unes botes de muntanya, dos fogonets i un tercer calaix amb alguns estris de cuina. Hi havia espelmes repartides pertot arreu. Més que espelmes eren autèntics ciris de bateig. Vaig encendre'n tres o quatre i la llum que desprenien em va permetre veure que també hi havia un munt de llibres en els sortints que feia la roca. Al fons de la bauma hi havia una cortina. Tot i que estava segur que trobaria el lavabo més emmerdat que hauria vist mai, vaig sentir la urgència de comprovar la llardositat del darrere de la cortina. Sorpresa! Era un espai adequat com a cambra de revelar. Al·lucinant! Una cambra rupestre de revelatge! Vaig apagar els ciris i, quan ja feia mitja volta per tornar cap al mas, vaig trobar-me'l a la boca de la cova. Era ell, en Roig. Si he de ser sincer, he de dir que vaig acollonir-me. Imagineu-vos un grenyut, sec com una canya, d'un metre vuitanta que se us aparegués a contrallum. Immòbil, hieràtic, mancat del més mínim moviment; qui sap si amb una destral o una serra elèctrica al darrere.

—No he tocat res —és el primer que em va sortir mentre intuïtivament li ensenyava les mans buides, netes.

—Ah, pensaves tocar-ho?

—No! Vull dir que he entrar per casualitat...

—Sí, és clar, per casualitat. Passejaves per la muntanya equipat amb les teves Nike i els teus texans de marca i has trobat aquesta bauma i t'has dit: «Mira, vaig a veure què hi ha dins, per casualitat.»

—Escolta, no ho diu enlloc que aquesta bauma sigui de ningú —vaig saltar—. Passava per aquí i he entrat, això és tot.

—És teva, doncs?

—El què?

—La bauma.

Parlar amb en Roig era impossible. Com que vaig veure que no hi tocava gaire, ja no em va venir d'aquí:

—Per què tothom diu *bauma*, si hauria de ser *balma*?

—No ho sé. No en tinc ni idea. Potser perquè el sostre de la roca sembla ple de baus!

—Baus? —vaig repetir.

—Sí. Els baus dels antics vaixells de fusta, ja saps què vull dir.

No sabia ni de què em parlava, però, per si de cas, vaig fer que sí amb el cap.

—T'agrada el cafè? —va saltar.

—Amb llet.

—D'acord. Amb llet.

—Què és millor una paraula o una imatge? —va saltar.

No em va donar temps de contestar. Va fer-ho ell mateix.

—Una imatge i una paraula. Si tinguessis la imatge d'un bau, ho tindries tot clar. Però si veiessis un bau i no tinguessis una paraula, tampoc no podries definirlo. Ho entens, oi?

Tot d'una, em trobava escalfant llet en un dels fogons d'aquell tipus estrany, mentre ell preparava la cafetera i encenia un foc prou allunyat de la boca de la bauma com perquè el fum no li entrés en aquella casa precària.

—Quan et va saludar en Pau, per què no vas contestar?

—No tenia ganes de parlar.

—I avui sí?

—Sí, avui sí. Avui fa dia per parlar.

—I això de què depèn?

—De si em llevo amb un peu o amb un altre. Ni tan sols m'ho plantejo. Així que em llevo sé immediatament si fa dia de parlar o no.

—I vius aquí tot l'any?

—No ho sé.

—No ho saps? —vaig sorprendre'm.

—Fa nou mesos que visc aquí.

—I de què vius?

—Del que trobo i, de tant en tant, venc reportatges fotogràfics.

Segur que havia tingut una crisi a la feina o un desengany amorós i s'havia guillat. I amb tot, em queia bé, perquè entre tants mig bojos, ell almenys tenia la decència d'estar totalment passat de voltes.

—Gràcies pel cafè amb llet, però he de marxar, si no la família em trobarà a faltar.

—Torna quan vulguis, però millor un dia que sigui de parlar.

Mentre feia la baixada cap al mas, baix adonar-me que havia dit a en Roig que «la meva família» em trobaria a faltar. La paraula *família* m'havia estalviat explicar la meva història. Però i la meva família? La de veritat, vull dir. Al pare i la mare, tan enfeinats com de costum, la meva absència potser fins i tot els resultava beneficiosa. Vaig arribar al mas just a l'hora de sopar.

—Ens pensàvem que no vindries a sopar! —va dir en Pau.

—He anat a fer un volt.

La Mariona ja s'havia vestit per sortir i en Pau i l'Anna també. Només faltava aquesta! M'havien ensarronat. Anàvem de festa major amb tota la família! La Mariona devia veure el desencís dibuixat a la meva cara, perquè va afanyar-se a aclarir que en Pau i l'Anna baixaven a Galerna però no venien amb nosaltres. Se n'anaven a casa d'uns amics. Vaig respirar. Només m'hauria faltat anar de festa major amb els meus pares adoptius. No puc sofrir la idea d'anar enlloc amb els meus pares, els de veritat, així que la idea d'anar amb uns pares que tenien data de caducitat ni tan sols em passava pel cap.

Després de dutxar-me —aquesta vegada sense problemes—, mentre em canviava a la meva habitació, vaig adonar-me que m'estava vestint més o menys de manera que el meu estil no desentonés gaire amb el de la Mariona. Tot i això, era difícil, perquè ella anava bastant hippy i jo, de normal. Bé, suposo que ella hauria dit que la normal era ella. Fos com fos, vaig optar per uns texans negres, una samarreta negra i les vambes negres. Segurament la meva mare hauria dit que semblava no sé quin cantant i el meu pare hauria fet que no amb el cap. I què?

—Marxem!

—Dos minuts! —vaig cridar des del lavabo.

M'havia deixat la colònia a casa! La colònia era fonamental. Les ties es tornen boges pels tios que fem bona olor. Crec que tenen més desenvolupat l'olfacte que nosaltres, especialment pel que fa al tema colònia. Quin desastre! De cop, em vaig sorprendre: a què venia tanta preocupació per la colònia?

—Fareu tard! —cridava l'Anna.

Vaig afanyar-me perquè no comencessin a dir que aquests de ciutat allò o aquests de ciutat allò altre. Segurament no haurien dit res, però ho haurien pensat, que, pel que fa al cas, era el mateix o pitjor.

—Ja sóc aquí!

—Després diuen que les noies sempre ens fem esperar! —es va queixar la Mariona.

Aquest cop baix no me l'esperava. Vaig limitar-me a fer un somriure forçat i a entrar al cotxe. Mentre l'Anna intentava posar en marxa aquella peça de museu, vaig adonar-me que anava a un concert i ni tan sols sabia de què o de qui. Per impressionantment merdós que fos, sempre seria millor que la putrefacció del mas.

Un concert i uns quants problemes

Quan vam arribar al pavelló municipal de Galerna, que era on feien el concert, ja hi havia força gent que feia cua per entrar. Just al costat de la porta principal, hi havia un parell de paradetes, una era de samarretes i l'altra era un bar improvisat amb un parell de cubells i una porta col·locada sobre dues cadires. Al damunt de les taquilles, un gran pòster anunciava els grups que tocaven aquella nit. Eren grups de Galerna amb noms impossibles com Anna nana, El senyor Esteve i Els Grums.

Amb les entrades a la mà, pagades per la Mariona amb els diners que li havia donat l'Anna, vam entrar al pavelló. No hi faltaven els dos típics llançadors de pilotes i bitlles, ben llardosos i esparracats, i tot de grups de gent que s'atansava a l'escenari per ocupar les primeres files.

—Què prefereixes, anem cap endavant o ens quedem aquí?

—Aquí, aquí —vaig dir.

No suporto agafar el metro en hora punta ni fer cua, així que estar a les primeres files dels concerts directament em provoca claustrofòbia, agorofòbia o què sé jo! M'agafa la paranoia que no puc respirar, em marejo i acabo posant-me malalt.

Es van apagar els llums i uns focus potents van il·luminar l'escenari. El concert va començar. Això i que tot de gent es llancés efusivament a sobre de la Mariona, tot va ser una. Es tractava dels seus amics de Galerna —la colla—, uns amics que donaven mostres d'una alegria incontrolable i absurda que consistia a anar fent bots al voltant de la Mariona, abraçant-la i petonejant-la mentre repetien coses com «que fort» (i la variant «què fort») i també molts «tia, tia, tia...».

—Roc, aquests són en Maurici, l'Oriol, la Neus, en Xevi... —i tot d'altres noms i sobrenoms més o menys ocurrents.

Vaig repartir petons i encaixades de mans amb un somriure als llavis, però amb prudència, sense que se m'encomanessin els saltets ni els crits histèrics. Van trobar al·lucinant que el meu nom fos Roc. Súper-no-sé-què va dir no sé qui.

Corejaven les cançons, xiulaven i aplaudien, saltaven, ballaven i en demanaven més i més. A la cinquena o la sisena cançó, la Mariona se'n va anar amb una de les seves amigues cap al taulell del bar. Jo me la mirava, més que res perquè no volia perdre el meu únic punt de referència. Quan estava tornant cap on érem nosaltres, dos nois li van sortir al pas. Un d'ells la va agafar pel coll, per darrere, i ella va fer un gest de menyspreu per deslliurar-se'n. Ja hi érem. No en tinc cap culpa, però crec que em persegueixen els problemes! Quan vaig decidir intervenir-hi, la Mariona i la seva amiga ja venien cap a mi, i fins i tot reien.

—Què et passava? —vaig demanar, fent un esforç de volum perquè em pogués sentir.

—Res. Un imbècil!

—Vaig mirar cap a l'imbècil, que era amb altres imbècils de gènere masculí i femení, i vaig estar segur que es tractava d'una d'aquelles típiques picabaralles absurdes entre colles de poble.

La resta del concert va anar relativament bé. Vaig descobrir que tots els grups sonaven força bé. «Liverpool, Seattle i Galerna!», vaig pensar. Els Grums eren els millors. Eren una banda de rock potentíssima. Vaig seure a terra una estona, amb en Maurici, un tipus curiós, amb unes ulleres de cul de got que contínuament li lliscaven nas avall i una vestimenta treta de l'àlbum de fotografies dels meus avis, a l'estil dels anys seixanta.

—T'agrada? —vaig preguntar-li.

—Qui?

—Qui, no. Què! El concert!

—Quin concert?

—Aquest!

—Home, què vols que et digui! A mi el que m'agrada de veritat és el jazz.

Un malalt. Un autèntic malalt, en Maurici. Des del principi em va caure bé. Què ho fa que, entre un munt de gent, som capaços de distingir a primer cop d'ull qui ens interessa i qui no? I, a més a més, gairebé mai no ens equivoquem.

—I per què has vingut?

—Perquè és festa major i perquè hi venien els meus amics i perquè a casa gairebé m'hi han obligat. Diuen que he de sortir més.

Com podia tenir tanta sort? Si els meus pares em demanessin que sortís més, els hauria de portar al psiquiatre.

—I per què has de sortir més?

—Perquè em passo el dia a casa, enganxat a la guitarra, i als meus pares no els sembla bé.

—Toques la guitarra? —després del que ell acabava de dir, vaig lluir-me amb la pregunteta.

—N'estic aprenent.

—I quant fa que toques?

—Des dels sis anys. Però seriosament des dels vuit.

Definitivament, o era boig, o marcià o totes dues coses. Era d'aquesta mena de gent rabiosa que des del dia que neixen saben a què es dedicaran. En part, potser són rabiosos per l'enveja que fan. En el meu cas, no hi ha cap activitat que superi els vint dies. Primer m'ho prenc tot amb molta seriositat, però després les coses em cansen i les deixo córrer, per mandra, per avorriment o què sé jo.

—Quant temps t'estaràs a Galerna?

—No ho sé. Dues setmanes, més o menys.

—Doncs, un dia, si passes per casa, t'ensenyaré les meves guitarres.

—Guitarres? Quantes en tens?

—Ara tres. Una d'espanyola, una d'acústica i una d'elèctrica. Ah, també tinc un baix Hoffner, com el de Paul McCartney quan tocava amb els Beatles, saps?

—Et donaria el número del mòbil, però a casa de la meva tia no hi ha cobertura.

—Ja ho sé. No pateixis. T'enviaré un e-mail i en Pau ja t'avisarà. O vine tu a casa meva quan et doni la gana; la Mariona t'explicarà on visc.

—D'acord.

Anava seguint les cançons del concert i em sorprenia que la gent pogués cantar les lletres i les tornades de les cançons. A mi em costa molt memoritzar lletres. Mai no me'n recordo o me'n recordo a mitges i llavors canvio trossos segons em convé o segons em sembla.

Quan Els Grums van acabar, després dels bisos, vam anar sortint del pavelló i vam quedar-nos una llarga estona de peu al carrer. Ens vam acomiadar dels amics de la Mariona durant una hora llarga. Quan semblava que la xerrera s'acabava, apareixia una nova anècdota que embolicava una altra vegada la troca i s'hi tornaven a enganxar. Finalment, vam aconseguir posar-nos en marxar. Tota la «colla» va dirigir-se cap al centre de Galerna, excepte la Mariona i jo, que vam marxar cap als afores.

—On anem? —vaig preguntar.

—A casa. On vols anar? Són les quatre de la matinada!

—I com se suposa que tornem a casa?

Amb dos dits va mostrar-me dues cames caminadores. No m'ho podia creure! Vaig picar-me el front amb el palmell. Quina brutalitat! Hauríem de caminar gairebé deu quilòmetres! Set o vuit per carretera i dos o tres pel camí. Vaig cagar-me en tots els sants.

—Esteu torrats —vaig dir.

—Esteu? Qui està torrat?

—Tu, el teu pare, l'Anna i els teus amics de Galerna —no vaig estar gaire fi.

—I tu no? —va preguntar sorpresa.

—Jo? —vaig estranyar-me.

—Trencar una cadira al cap d'algú tampoc no és gaire normal.

Tocat i enfonsat. L'havien posat al corrent de tot. Era inútil explicar-li que en Solà era un pelat repugnant i també era inútil fer-li saber el motiu pel qual li havia trencat la cadira al cap. Vaig decidir callar, callar fins que arribéssim a casa i allà continuar callant fins que arribés el moment de marxar. I ho hauria fet, si no hagués estat perquè al cap de cinc minuts les coses es van començar a complicar.

Vaig fer aturar la Mariona davant d'un bar perquè necessitava anar al lavabo. Com que era festa major, encara que fos tan tard, tots els bars eren oberts i atapeïts de gent. Ella m'esperava a fora i jo m'ho vaig prendre amb calma. Com a venjança per la travessa de deu quilòmetres, vaig demanar una cervesa, me la vaig prendre tranquil·lament i, després, vaig anar al lavabo.

Quan em disposava a sortir al carrer, des de l'interior del bar, a través dels finestrals, vaig veure que la Mariona parlava amb algú. El mateix tipus que al concert l'havia agafat pel coll la subjectava per un braç. Ella anava enretirant-se i el tipus anava avançant cap a ella. Vaig col·locar-me darrere del vidre per veure de què anava la cosa. Tampoc no era qüestió de posar-me enmig d'una baralla de *nòvios*. Hi havia un segon tipus que feia costat a l'imbècil. Vaig apropar-me a la porta per escoltar què es deien.

—...de bruts i pollosos com vosaltres, no ens en fan falta a Galerna.

—Deixa'm estar! —exigia la Mariona.

—Les coses es demanen per favor —deia ell.

—Deixa'm estar! —repetia la Mariona amb les dents serrades.

El tipus que la tenia subjectada li va picar amb el palmell el front. No és que fos un cop per fer-li mal, però resultava molt humiliant. No m'ho vaig pensar més, vaig sortir disparat, però abans de poder arribar on eren ells vaig emportar-me per endavant no sé quantes cadires i taules de la terrassa del bar. Gràcies al terrabastall i al ridícul que vaig fer, la gent va començar a sortir del bar i els dos tipus que havien estat emprenyant la Mariona van allunyar-se, tot i que es van aturar per insultar-me.

—A mi, fa poc m'han fet proves d'intel·ligència i estic per sobre de la mitjana. Feu-vos-en, que segur que no sou normals!

—Sisplau, Roc! —va dir la Mariona quan em vaig aixecar, espantada pel que jo pogués fer.

—Ja et trobarem!

Era evident que la meva llegenda em perseguia. Fins i tot, havien estat les cadires —si més no el fet de llançar-les per terra— el que havia fet fugir els amiguets de la Mariona.

Després de donar explicacions als amos del bar, vam marxar caminant. La Mariona va esbufegar. No vaig preguntar res. No vaig dir res. Volia que fos ella qui parlés.

—M'he espantat —reconeixia.

—Què? —a vegades sento perfectament el que em diuen, però no puc evitar dir «què».

—No sé què haurien fet. Suposo que només volien espantar-me, però...

Ella va deixar penjada la conversa. Segurament, el normal era que jo preguntés per què, però vaig callar.

Vaig mantenir-me en silenci. Ella no va engegar fins que feia més de deu minuts que caminàvem.

—Tot va començar fa un any i mig. Una constructora va projectar fer una urbanització als afores de Galerna, a Ullàs. Ho tenien tot a favor. Només et diré que l'alcalde de Galerna era al capdavant del projecte, imagina't... Només tenien un problema.

—Quin?

—Cal Fart.

—Què?

—Cal Fart és el mas de la teva tia i el meu pare —va aclarir com si aquest fet fos obvi—. Van oferir-los molts diners perquè els el venguessin, però ells s'hi van negar. Llavors van començar els problemes.

—Problemes?

—Sí. Amenaces. A, més a més, la gent de Galerna es va girar contra nosaltres, perquè l'alcalde i companyia van fer córrer que la urbanització portaria molts diners a Galerna i Ullàs i que, si no es feia, seria exclusivament per culpa nostra, que, a sobre, ni tan sols no érem de Galerna.

—I quants diners van oferir-los? A l'Anna i al teu pare, vull dir.

—No ho sé. Crec que molts més dels que en realitat val el mas.

—Que burros que són! —em va sortir de l'ànima—. Haurien pogut vendre el mas i comprar-ne un altre de més gran a qualsevol altre lloc!

—Sí, però és que ells no volien anar a cap altre lloc més gran, ells volien el seu mas, aquí!

—I el tipus que t'emprenyava?

—Aquell imbècil és el fill d'un imbècil encara més

gran, l'alcalde de Galerna. Quan van veure que l'Anna i en Pau no els vendrien ni un bocí de terra, la gent que volia fer la urbanització, a poc a poc, va anar deixant-ho córrer, però el principal inversor, l'alcalde, encara no s'ha cansat d'insistir.

Ja havia lligat caps. Els dos tipus que havien anat a veure l'Anna per fer-li l'oferta de què havia parlat, els problemes amb l'aigua...

—Té res a veure tot això amb els problemes de l'aigua del mas? —vaig preguntar fent-me el babau.

—Els problemes de l'aigua, de la llum; els camps trepitjats, el gos que ens van enverinar; el fet que a tota la comarca ningú no compri la ceràmica de l'Anna i mil coses més.

Vaig quedar-me una estona en silenci. Tot plegat em va semblar que, sense saber-ho, els meus pares m'havien portat de l'olla al foc. El que estava passant a Ullàs era com una d'aquelles pel·lícules antigues de l'oest, en les quals els vaquers i els amos del ranxo es barallen pel pas del bestiar o alguna altra cosa per l'estil. Era l'èpica nord-americana, havia dit el professor d'anglès de l'institut un dia que no devia haver dormit o que estava més il·luminat que normalment. L'única sort era que jo, a Ullàs, hi era de pas i, quan acabés de pensar-hi, ja seria l'hora de tornar a casa i deixar enrere aquell merder.

—I no pensen fer res, el teu pare i l'Anna?

—Fer? —es va sorprendre—. L'alcalde és qui mana a la ciutat. Mitja ciutat és seva. Té camps aquí i allà, i gairebé la major part d'accions de les cooperatives del vi, de la fruita; té empreses, botigues... Ho manega tot. A més a més, ja t'ho he dit, ha posat a tothom en contra nostre.

—Però la gent...

—La gent veu que no som d'aquí i, a més a més, això de viure en un mas sense ser exactament pagesos, tampoc no acaben de veure-ho clar.

—I en Maurici? —vaig dir.

—En Maurici és diferent. No tothom està penjat a Galerna. Has parlat amb ell, oi?

—Sí, és divertit —vaig dir per no utilitzar la paraula *boig*. Hem quedat per veure'ns. M'agradaria anar-hi demà, si m'expliques on viu.

Quan vam arribar al mas, vaig tenir una sensació molt estranya. Estava rebentat de tant caminar, però no m'hauria fet res continuar caminant tota la nit.

El silenci del mas ens va fer baixar el to de veu. Ens vam acomiadar, però cinc minuts més tard, quan jo sortia del lavabo, ella hi entrava. Portava unes calces i una samarreta de tirants. Vaig fer un paper ben desgraciat: em vaig quedar mirant-la amb cara d'idiota.

—Què passa? —va preguntar.

—No res. Pensava... Res, res.

Vaig tancar-me a l'habitació disposat a no sortir-ne fins l'endemà. Així, almenys m'estalviaria un segon ridícul, perquè el que era claríssim és que m'havia vist mirant-li les calces i fent cara de sonat. Potser sí que estàvem sonats, tots plegats.

Tot era diferent del que vivia a la ciutat. Per començar, les olors; potser també la llum, però sobretot era per la manera de fer de la Mariona, en Pau i l'Anna que em sentia despistat. Tenia la sensació que res del que jo era, res del que jo sabia o coneixia acabava de servir-me per funcionar en aquella casa, en aquell paisatge.

Sortir del tedi en surts, però amb ensurts

No hi ha justícia! Van llevar-me a dos quarts de nou. A la nit, de concert, i, l'endemà, fent horari de pagès insomne! Dues hores més tard, com que l'Anna havia de baixar a comprar a Galerna, vaig demanar el telèfon d'en Maurici i, quan anava a trucar-li, vaig adonar-me que en aquella casa no hi havia telèfon ni cobertura per al mòbil. Tant li feia, vaig demanar l'adreça a la Mariona i vaig decidir baixar a Galerna a la valenta.

La Mariona va acompanyar l'Anna a portar els ous a no sé qui i a comprar roba. Es veu que per més hippies que fossin, el tema de la roba sí que els agradava. Van deixar-me davant de la casa d'en Maurici, un casalot vell, amb una entrada immensa, i vam quedar tres hores més tard davant de l'ajuntament.

—Passa, passa... No em pensava que vinguessis tan

aviat —va dir en Maurici mentre acabava d'obrir la porta del pis.

Va portar-me directament a les golfes de la casa. Tenia les guitarres penjades de la paret, com en una botiga d'instruments musicals. Va fer les presentacions:

—Aquesta és sevillana: fusta de guaiac de Rio. Aquesta altra és una Ovation Custom. Fixa't que el darrere és de fibra de vidre. Aquesta és la joia de la col·lecció, una Gibson Chet Hatkins de 1957.

—Però tot això val una pasta llarguíssima! —vaig exclamar-me.

—I més i tot!

—Què passa, ets ric?

—Ja m'agradaria. M'han costat un munt d'hores de classes particulars i no sé quants estius i caps de setmana treballant; recollint fruita, fent de cambrer i de mosso de magatzem. Aquesta —va dir mostrant-me la Gibson— m'ha costat cinc anys sense caps de setmana i sense estiu, a més a més d'anar reunint els diners de tots els sants, els aniversaris... Vols que toqui alguna cosa? —va preguntar mentre agafava la Gibson.

—Sí —vaig dir sincerament.

—Què t'agrada?

—No ho sé...

Mentre ell endollava el *jack* i connectava l'amplificador, vaig fer un esforç per recordar alguna peça d'algun músic que destaqués com a guitarrista, però ell es va avançar, va començar a dir noms de guitarristes i a tocar fragments de les seves peces.

—Hendrix... Clapton... B. B. King... Pat Metheny... L'Slash dels Guns and Roses... Keith Richards dels Stones... Brian May de Queen...

En Maurici es movia com un possés i amb els peus anava pitjant tot de pedals que donaven diferents efectes al so que sortia dels seus dits.

—Mira, com ahir...

De cop va començar a fer sonar algunes de les melodies que havíem escoltat la nit anterior, al concert. La seva Gibson negra era un guitarra diferent de les dels grups de rock, era més gran i més ampla, però sonava de mil maneres diferents, ara distorsionada i estrident, ara dolça i suau, ara escandalosament brillant.

—Però, tio..., tu vas dir que n'estaves aprenent! —vaig dir sense poder acabar de tancar la boca.

—És que n'estic aprenent! Si vols venir, demà passat toquem a La Nit.

—On és això?

—Aquí al costat. A la plaça de l'ajuntament. Toco amb un baixista i un bateria. A les deu. L'entrada és lliure.

—Segur que vindré!

Ja estava prou avorrit com per no anar-hi. A més a més, realment em venia de gust. Vam sortir junts de casa seva i em va portar fins a La Nit perquè tingués clar on havia d'anar el dia del concert. Tot i que el bar era tancat, vam poder prendre'ns una beguda, perquè en Maurici era amic de l'amo del local, l'Agulló, un tipus curiós, com sortit d'una pel·lícula en blanc i negre. El bar era un club de jazz amb un petit escenari, on hi havia un piano de cua —curta, va dir en Maurici— i una bateria muntada.

L'amo del local repassava les ampolles i parlava amb un noi i una noia que netejaven i endreçaven. De fet, era difícil dir qui era més estrany, si en Maurici o l'Agulló. Entre ells parlaven com si fossin personatges de ficció.

Es deien algunes frases en anglès i algunes coses que només ells entenien, com «vaig escoltar allò d'en Beck i ho he aconseguit fer amb Feiser distorsionat i un wa-wa». Formaven un autèntic duet *freak*.

A l'hora d'anar a trobar-me amb la Mariona i la meva tia, en Maurici em va acompanyar fins a la plaça on havíem quedat i va aprofitar per convidar la Mariona al concert.

Dos minuts més tard, aturats amb el cotxe en un semàfor, l'Anna va saludar un tipus que passava per davant nostre.

—Sí, tu saluda'l! —va queixar-se la Mariona.

—Qui és aquest? —vaig demanar.

—L'alcalde de Galerna —va contestar la Mariona, mentre l'Anna feia avançar el cotxe.

Vaig girar-me per mirar aquell home a través de la finestra enllardada del darrere del cotxe. Era com sortit d'una pel·lícula de gàngsters. Si s'hagués presentat a un càsting per a mafiosos, hauria obtingut la primera plaça sense fer cap esforç. Es veia d'una hora lluny que era un bavós, un tipus d'aquests aparentment simpàtics, però que en realitat no té cap escrúpol a l'hora d'aconseguir el que vol. Com podia haver enganyat algú? Com podia haver estat votat per la major part de la ciutat? I el fill? Com s'ho havia fet perquè li sortís tan malparit com ell mateix?

Camí de casa, vaig explicar a la Mariona com era de bo amb la guitarra en Maurici, cosa estúpida, perquè ella, que el coneixia de feia anys, havia de saber-ho de sobres.

—Segurament deu ser el millor guitarrista del món, però encara és millor persona.

—Que bonic t'ha quedat —vaig dir burlant-me descaradament del que havia dit i del to que havia utilitzat.

—Si no te n'adones, potser és perquè ets idiota. Ja sé que tens un coeficient d'intel·ligència altíssim —va ironitzar—, però això no està renyit amb el fet de ser completament idiota.

—Potser no me n'adono perquè, com que tinc més estímuls que tu, que vius entre vaques i gallines, he d'estar per més coses alhora.

—Ets idiota, això és clar!

—Eh, eh! —es va limitar a dir l'Anna quan va veure que entre la Mariona i jo el mal rotllo s'enduria.

Vaig dedicar-me a fer el distret i a mirar per la finestra per evitar que em poguessin veure la cara, ni que fos pel retrovisor. L'Anna em va preguntar què mirava.

—Els indígenes! Miro els indígenes de Galerna, a veure si n'hi ha cap de normal.

Després de la meva intervenció, va haver-hi un segon intercanvi d'insults i crits contundents entre la Mariona i jo que no va acabar fins que l'Anna va deixar anar un crit histèric. Després del crit va prosseguir sense que ens dirigíssim cap paraula més. Tampoc no va ser gaire difícil, perquè la Mariona seia al davant i jo al darrere, amb tot de barres seques de pa per a les gallines, les vaques o què sé jo quina altra bèstia repulsiva.

Un cop al mas, vaig tancar-me a l'habitació, cosa que a l'Anna no li deuria semblar gaire bé, perquè em va interrompre abans que s'acabés la primera cançó i va ferho exactament com la meva mare, cosa que no puc aguantar. Em va treure els cascs del discman estirant els cables. A la gent que fa això l'haurien de capar, per extingir l'espècie.

—Es pot saber què fas? —vaig cridar brutalment.

Vaig veure que quedava sorpresa amb el meu crit i, no sé per què, jo mateix em vaig espantar.

—No tenies cap motiu per posar-te així amb la Mariona.

—Però és que ella...

Tant li feien, les explicacions. La cadira trencada al cap del meu company d'institut em perseguiria per sempre més. La veritat és que em penedia d'haver tractat la Mariona d'aquella manera, però no tenia ni la més mínima idea de com arreglar-ho. Fins i tot, després de la primera discussió, ho havia volgut arreglar i, en canvi, uns segons més tard, l'havia tornat a emmerdar. Hauria volgut no estar tan enfadat i m'hi vaig esforçar, però no podia evitar-ho.

Vam sopar. Si més no sèiem a taula, envoltats d'un silenci estrany i dens. L'Anna i en Pau, de tant en tant, encara deien alguna cosa, però la Mariona i jo no obríem boca si no era per posar-nos-hi el menjar. I jo, amb prou feines, perquè la incomoditat m'havia provocat un nus a l'estómac. Vaig estar a punt de demanar-li perdó cent vegades, però quan ho volia fer, el nus se'm desplaçava de l'estómac cap a la gola i no em sortia la veu.

Havent sopat, vaig sortir del mas i vaig fer un tomb pels voltants. Què feia jo caminant pel mig del bosc, de nit, avorrit i cansat? No fer res és la cosa més cansada del món. L'avorriment es multiplica per ell mateix i al final impedeix que ni tan sols facis les coses que realment voldries fer. I què? Què feia? Tornava a casa? A fer què? Amb quina excusa?

Vaig tornar cap al mas, perquè vaig sentir un soroll entre uns arbustos i em va agafar el cangueli. Odio els sorolls nocturns i, sobretot, els del bosc. Quan m'apropava al mas, vaig poder sentir en Pau i la Mariona. Seien al banc del costat de la porta. Ella li deia que no podia més, que preferia tornar a casa de la seva àvia uns quants dies i que ja tornaria quan jo hagués marxat. Vaig deixar d'escoltar, perquè amb el cop de puny contundent i salvatge al mig del cervell ja en tenia prou. En general no m'importava gens el que la gent pensés de mi o si la meva actitud els molestava o deixava de molestar, però que a la Mariona li resultés tan desagradable... Sincerament, hauria preferit un cop de puny als morros.

Malgrat el soroll dels arbustos, vaig retornar al bosc. Aguanto pitjor segons quines pors que segons quines vergonyes. No volia haver de bescanviar cap paraula amb ells i encara menys haver d'aguantar les seves mirades. Fins a una hora més tard no vaig entrar al mas, i ho vaig fer per anar-me'n directament a l'habitació. Vaig estirar-me al llit i vaig anar posant-me tots els discs, l'un rere l'altre, fins que el marcador va donar la volta per tornar a començar de nou. Eren les tantes de la matinada i no aconseguia dormir. Tenia ganes de plorar, unes ganes bestials de plorar, i, al final, vaig fer-ho. Vaig plorar tot el que em va donar la gana i més, fins que no em van quedar llàgrimes ni aire als pulmons, i, llavors, vaig decidir obrir la finestra per poder respirar.

Però en lloc de rebre el cop amable de l'aire fresc i suau a la cara, vaig empassar-me una glopada de fum espès. Un foc cremava perillosament just a sota de la finestra de l'habitació de la Mariona. Vaig sortir accelerat de la meva habitació i vaig entrar a la seva.

—Lleva't! —vaig cridar mentre l'estirava per un braç.

—Em vols deixar? —va exigir—. Imbècil!

—Hi ha foc! —vaig cridar més histèric.

A partir de la paraula *foc*, no van ser necessàries més explicacions. Tots dos vam sortir de la casa.

—A la bassa! —va dir ella.

Vam córrer cap a la bassa, però la bassa ja no era una bassa, sinó un buit fosc, un espai sense aigua amb un fons de fang. Algú l'havia buidat ben oportunament.

—I ara què?

—La campana! —cridava mentre corria cap a la casa.

Gairebé acabava d'entrar quan ja sortia per una de les finestres del primer pis i sacsejava la campana a què s'havia referit. Tan bon punt el campanot va començar a dringar, l'Anna i en Pau van sortir a la finestra i, pocs minuts més tard, arribava la gent dels altres dos masos d'Ullàs. Era fort, en plena època del mòbil i Internet, ells tenien una campana. I, a sobre, funcionava!

—Estàs bé? —vaig preguntar quan la cosa va estar controlada.

—I tu?

—Una mica espantat. Hauria pogut passar una desgràcia —vaig dir.

—El meu pare i l'Anna pensen que no pot durar, que quan vegin que no hi ha res a fer, els deixaran estar.

—I si no, què?

La Mariona es va encongir d'espatlles. Vam entrar a la casa i l'Anna ens va fer unes herbes. Per primera vegada a la meva vida, les herbes de l'Anna no em semblaven fastigoses del tot. Eren herbes amb noms de dona i olor de caramel caducat, però se't posaven bé.

En Pau va anar-se'n a Galerna a posar una denúncia. Sabia que era inútil perquè ningú no havia vist res i ningú no en sabia res, però amb tot, era de l'opinió que era necessari deixar clar el que estava passant i que quedés registrat que hi havia algú que atemptava sistemàticament contra el mas i contra ells. La Mariona em va explicar que el seu pare, sistemàticament, cada vegada que els feien la més mínima, anava a posar una denúncia. També ho havia fet quan van rebentar la canal de l'aigua. D'altra banda, encara que no servís de res, era l'única manera de cobrar l'assegurança.

Quan me n'anava cap a l'habitació, la Mariona em va aturar.

—Escolta, que... que et volia dir que... que ho sento.

—Jo ho sento el doble —vaig dir.

—Tu sempre més —va dir somrient.

Em vaig encongir d'espatlles mentre intentava apuntar un somriure i vaig entrar a l'habitació. Vaig jeure al llit i al cap de pocs minuts dormia com un tronc. No, com un tronc, no. Com un porc.

Vaig somiar que la Mariona i jo passejàvem tots dos pel bosc i només ens acompanyaven els acords i els solos d'en Maurici. Era capaç de demanar perdó sense sentir-me patètic. I el millor del cas era que ella em perdonava de cor, no per pena o perquè tocava, sinó perquè ho desitjava de veritat, perquè em volia tenir al seu costat.

Els claus troben els seus martells

Tot i que la mà que em premia el braç exercia una força molt suau, els efectes de l'espant de la nit anterior van afavorir que la meva resposta fos un sotrac.

—Què passa? —vaig exaltar-me.

—El dinar és a taula! —va dir la Mariona.

—Quin dinar? —vaig saltar.

Eren més de dos quarts de tres, però a mi em semblava que, anant bé, havia dormit uns quants minuts. Vaig llevar-me i vaig ser capaç d'arribar a la cadira on tenia la tovallola. Tenia la sana intenció d'anar-me'n a la dutxa.

—No hi ha aigua —va dir-me—. No en tindrem fins demà. Després de dinar anirem a casa d'en Maurici a dutxar-nos.

Vam seure a taula, encara bruts de sutge i del fum de

l'incendi de la nit, cansats i endormiscats, però, així com el darrer sopar havia estat de pura pena, durant el dinar tothom semblava disposat a crear un bon clima. Els sisplaus i les gràcies anaven i venien a un ritme exagerat.

—Què penseu fer? —vaig demanar.

Tots tres em van mirar.

—Què vols que fem? Res! Esperar que s'avorreixin —va dir en Pau.

—I, mentrestant, si us cremen la casa, tant se val, oi?

—Què et sembla que podríem fer? —em va demanar l'Anna.

—No ho sé. D'entrada plantar cara...

—Plantar cara? Tu et penses que la vida és una pel·lícula?

—Jo penso que un no es pot deixar trepitjar.

—Trepitjar? Qui es deixa trepitjar?

—Vosaltres.

—I què hauríem de fer, segons tu?

—Qualsevol cosa!

—Qualsevol cosa! Visca el tot no s'hi val, oi? —va acabar en Pau.

—Visca! —vaig respondre.

—Doncs, no, Roc. Tot no s'hi val.

Sense que en Pau m'hagués convençut, per primera vegada les meves conviccions em van semblar una mica estúpides, una mica salvatges i una mica infantils.

Un parell d'hores més tard érem a casa d'en Maurici, tots quatre fent cua per a la dutxa. Els pares d'en Maurici, que eren amics d'en Pau i l'Anna, estaven al cas de tot i eren de la poca gent de Galerna que els feia costat. Van oferir-nos que ens quedéssim a dormir mentre no tinguéssim aigua, però l'Anna pensava que era un mal moment per deixar el mas abandonat.

Després d'haver passat per la dutxa, en Maurici va obsequiar-me amb un concert particular. Ell, que era l'antítesi d'un roquer —cabell curt, ulleres de cul de got, sabates més o menys ortopèdiques...—, va fer-me un altre gran passeig per les guitarres del rock.

—Com Jimmy Page... J. J. Cale... Santana... Pete Townshend... Angus Young... Mark Knorffel...

Tocava exactament el que li donava la gana i com li donava la gana, imitava a la perfecció l'estil de cadascun dels guitarristes que anomenava. Si els tipus que havien de tocar amb ell a La Nit eren la meitat de bons, seria un autèntic festival. De cop, en Maurici va parar de tocar i va parar l'orella cap a la porta, mentre feia una ganyota.

—Què passa? —vaig demanar.

—Que he sentit la meva mare.

—I?

—Ha dit «abatiment».

—I què?

—Et semblarà estrany, però hi ha paraules..., no ho sé..., que em fan com fàstic.

No m'ho podia creure. Havia hagut d'anar fins a Galerna per trobar algú que tingués la mateixa síndrome que jo. Li ho anava a dir quan va entrar la Mariona i va demanar-li que toqués alguna cosa de Paco de Lucía. Solemnement, va deixar la Gibson i va agafar la guitarra espanyola.

—Aquesta guitarra no és flamenca flamenca, però farà el fet.

En Maurici va començar a tocar de tal manera que

es veien cent mil o dos-cents mil dits de la mà esquerra corrent amunt i avall, mentre una altra mà que no se sabia exactament d'on havia sortit anava fent l'acompanyament rítmic. En Maurici era extraterrestre, quedava confirmat. Un monstre.

De retorn al mas, vam dedicar-nos a netejar el mal que havia fet el foc. Era una feina poc agraïda, perquè, per més que intentéssim netejar, la pedra del mur, en el millor dels casos, quedava enfosquida. De cop, la Mariona i jo vam veure que el company i l'Anna estaven aturats davant de la porta del galliner, indecisos i seriosos. Quan vam anar al seu encontre, vam saber que totes les gallines havien mort. Algú havia enverinat l'aigua o el gra.

Vam fer un fossar darrere del mas, per enterrar tots els animals, l'aigua i el gra. A mi, que les gallines no m'han fet mai cap gràcia i menys d'ençà que tenia l'honor de recollir-ne els ous, em va produir un efecte molt estrany. Sentia una barreja de tristor i ràbia per aquelles pobres bèsties. D'altra banda, era una ràbia i una tristor que uns quants dies abans m'haurien fet pixar de riure. Fins i tot vam enterrar els ous, perquè l'Anna i en Pau, que eren ecologistes integrals, havien decidit que també podien estar enverinats.

Una vegada tot va ser al fossar, l'Anna, fent un invent amb una mànega, va aconseguir treure una mica de benzina del Renault Quatre i va regar el contingut del clot. Jo vaig ser l'encarregat d'encendre la pira funerària. Ja podies allunyar-te'n tant com volguessis, que l'olor de ploma cremada et trobava i t'impregnava de dalt a baix.

Quan les gallines encara fumejaven, en Pau va venir a trobar-nos davant del foc. Havia rebut un missatge electrònic dels pares d'en Maurici. El guitarrista havia tingut un accident i era a l'hospital de Galerna. Encara no ens havíem recuperat d'un cop, quan, acte seguit, en rebíem un altre de més contundent. Després de discutir si calia que hi anéssim tots o bé si algú havia de quedar-se al mas per vigilar, vam decidir que passàvem de tot i que marxàvem tots quatre cap a l'hospital. Si després calia que ens en penedíssim, ja ho faríem.

Vam saber la veritat a les portes de l'hospital. El pare d'en Maurici ens va explicar que no havia tingut cap accident, sinó que li havien clavat una pallissa. Però qui? I per què?

A l'habitació cent dos, en Maurici jeia al llit amb la cara feta un mapa i el cap i un braç embolicats. Vam poder estar pocs minuts a l'habitació, perquè la cap d'infermeres d'aquella planta ens va explicar que en Maurici havia tingut una commoció cerebral, que havia d'estar vint-i-quatre en observació i que, sobretot, li convenia fer repòs absolut.

—No pateixis. Ja hi haurà més concerts —vaig dir per animar-lo.

—No hi haurà més concerts —va respondre.

Vam atribuir les seves paraules al xoc que havia tingut, però, després, al bar de l'hospital, el pare d'en Maurici ens va fer entendre perquè havia dit aquelles paraules. Les persones que havien agredit el seu fill, segons ell per l'esquena i amb la cara tapada, havien tret la Gibson de l'estoig i l'havien fet a miques. De fet, un dels cops que va rebre la guitarra va ser el que va ocasionar la commoció cerebral d'en Maurici.

—Quan li van donar la darrera trompada, li van dir que expliqués als seus amics el que els esperava.

—Nosaltres... —va dir la Mariona.

Sèiem al bar de l'hospital, davant d'uns refrescos que no bevíem perquè no ens haurien passat per la gola. Tot d'una, vaig aixecar-me i vaig dir que me n'anava al lavabo. En realitat, vaig anar-me'n directament a l'habitació d'en Maurici.

La mare del guitarrista, amb els ulls inflats de tant plorar, i l'Anna eren al replà del pis on hi havia l'habitació d'en Maurici. Vaig aprofitar que miraven per la finestra per passar pel seu costat sense que em veiessin i arribar fins a l'habitació cent dos.

—Com estàs? —vaig demanar.

—Bona pregunta!

—Qui t'ha fet això?

—No ho sé. Eren dos, però duien la cara tapada.

—No em fotis, Maurici!

—Que no et foti? Jo sí que estic fotut! Tu d'aquí a quatre dies marxaràs cap a casa teva, t'oblidaràs de Galerna i no hi tornaràs... Almenys fins que tornis a trencar una cadira al cap d'algú.

Fins i tot ell sabia la història de la cadira! Però tal com estava, tampoc no era qüestió d'enviar-lo a la merda. Quan la policia anés a l'hospital a prendre-li declaració, en Maurici denunciaria que l'havien atacat dos individus que anaven amb la cara coberta. Mai més ningú no en diria ni mitja paraula. Ni l'endemà ni cap altra nit no hi hauria concert. Tenia raó, en Maurici.

Quan vaig retornar al bar, el pare del guitarrista estava obrint l'estoig per mostrar l'estat en què havia quedat la guitarra. Un nyap inservible, barreja de metall, fusta i plàstic.

En Pau i l'Anna van voler quedar-se a Galerna a fer

companyia als pares d'en Maurici; la Mariona i jo, després de molts esforços per convèncer-los, vam poder tornar al mas, tot i els deu quilòmetres a peu.

—No hi ha dret —vaig dir.

—Pobre Maurici, li va costar molt poder comprar aquella guitarra.

—Sí, m'ho va explicar. No sé quants estius, caps de setmana, Reis, sants, aniversaris...

—El que no entenc és... per què a ell? —preguntava la Mariona.

—Perquè aquesta gent que talla l'aigua, encén foc i mata gallines prefereix barallar-se amb qui menys es defensarà. T'ho dic per experiència.

—Què vols dir? —va estranyar-se.

—Saps la història de la cadira?

—Sí... —va dir com si li fes vergonya reconèixer que l'Anna la hi havia explicada.

—Doncs ni tan sols no era una cadira. Va ser un tamboret... En Solà, l'imbècil a qui vaig estampar el tamboret, és una mena de cap rapat que es dedicava a espoliar i acollonir la gent de l'institut: «Tu, porta'm tants diners», «Tu no em miris», «Mira'm quan et parlo»... Crec que fins i tot alguns professors li tenien por, però hi havia un nano que, no sé per què, s'emportava la palma. Era nou a l'institut i més aviat era poca cosa. Va rebre cops, patacades, crits, humiliacions, escopinades. Un dia, en Solà va cremar-li els llibres, així, perquè sí, per la cara. Una tarda érem al bar del costat de l'institut. En Solà seia sol en una taula i aquell nano seia amb una noia a la taula del costat. Jo m'estava al taulell. El pelat va dedicar-se a humiliar-lo i a amenaçar-lo. En un determinat moment, la noia es va espantar, es va aixecar i se'n va anar. Hauries hagut de veure la cara d'aquell nano... Al bar ja només hi érem ells dos i jo. El cambrer devia feinejar pel magatzem i...

—I llavors li vas trencar la cadira al cap?

—No. La cosa no va acabar aquí. El nano va esclatar i va fer una repassada a tota la família del calb. Llavors en Solà es va aixecar i va treure una navalla. Una navalla que en obrir-se deixava sentir els clacs de les molles. Un clac, dos clacs, tres clacs... La fulla potser feia un pam, i el mànec era negre amb unes incrustacions blanques de nacre que dibuixaven una creu gammada. De cop, vaig agafar una tamboret, era un tamboret, per més que a força de fer safareig la gent l'hagi acabat convertint en una cadira, i li vaig rebentar al cap. Vaig llançar-me contra ell i vam rodolar tots dos per terra. Jo estava tan espantat que no vaig parar de colpejar-lo fins que vaig veure clar que deixava de moure's. Quan va arribar la policia jo era al lavabo. En Solà ja no tenia cap navalla i el cambrer no havia vist res. La cosa va quedar que jo havia agredit en Solà. Així, perquè sí.

—I el xaval que defensaves?

—Estava massa acollonit i, a més a més, els seus pares li van dir que no s'emmerdés. No el culpo. Em fa ràbia, però l'entenc. L'únic que m'emprenya és no poder tornar enrere per passar de tot.

—No m'ho crec.

—El què?

—Això, que t'hauria agradat passar de tot.

—Ah, no? —em vaig estranyar.

Quan estàvem arribant al mas, vaig sentir un soroll entre els arbustos dels marges del camí. Segurament estava massa excitat i vaig pensar que podia tractar-se d'una nova agressió, així que, d'un vot, vaig sortir del camí i vaig poder veure algú que s'allunyava amb alguna cosa a la mà.

—És en Roig! No et preocupis —va dir la Mariona.

La resta del camí que ens quedava fins al mas, vam fer-la traient un pam de llengua, però per por que no ens haguessin fet alguna altra malifeta, manteníem el ritme.

—Qui és en Roig? —vaig preguntar per veure quina era la seva versió.

—És un que viu a la muntanya, a la bauma d'en Perris.

—Sí, ja ho sé, però a què es dedica?

—Diuen que treballava en una televisió de periodista o alguna cosa així. Es veu que un bon dia ho va engegar tot a la bassa.

—I a què es dedica?

—A res en concret. Es passa el dia fent fotos o enregistrant vídeos: els ocells, els arbres...

—I per què ha sortit disparat cap a una altra direcció?

—No ho sé. Suposo que no li agrada el contacte amb la gent.

Al vespre, quan van arribar l'Anna i en Pau, ens van dir que en Maurici estava força millor, però que havia quedat molt tocat. L'endemà arribaria a casa seva després de dinar i, si volíem, el podríem anar a veure. És més, segons l'Anna, havíem d'anar a veure'l: necessitava urgentment que l'animéssim.

Ningú no es va veure amb cor de sopar a taula. De tant en tant, un de nosaltres s'aixecava i agafava un tros de pa o unes galetes —integrals, òbviament—. Recordo perfectament que m'estava preparant un cafè amb llet quan en Pau va entrar a la cuina amb l'estoig de guitarra. Va deixar-la al rebost. Vaig somriure, perquè vaig adonar-me que qualsevol cosa que li semblés important la deixava al rebost.

—Els pares d'en Maurici s'han quedat a l'hospital i m'han demanat que m'emportés la guitarra —es justificava—. De tota manera, tal com està, els servirà de ben poc.

Quan vaig despertar-me, dormia tot sol al menjador. Algú m'havia tapat amb una manta. M'hauria agradat que hagués fet fred per poder encendre la llar de foc. Quan havia arribat a Galerna havia tingut la sensació que l'avorriment m'estava començant a devorar i, en canvi, a l'hora de la veritat me n'havien passat de l'alçada d'un campanar. Tenia sentiments contradictoris. D'una banda, m'hauria agradat agafar els tipus que havien apallissat en Maurici i partir-los la cara, però, de l'altra, estava espantat, molt més espantat del que es pensava la Mariona. El cor —o què sé jo el que era— em deia que el festival encara havia de començar.

En equip

El costum o algun altre miracle indeterminat va fer que em llevés molt abans que ningú, quan tot just havia sortit el sol. No sé si ho vaig decidir jo o van ser els peus que m'hi van portar, però quan vaig voler adonar-me'n ja trescava muntanya amunt, cap a la bauma d'en Perris, o d'en Roig.

Com la vegada anterior, vaig aturar-me al castell, la torre. La Mariona m'havia explicat que aquella torre era l'únic que quedava del castell de Guillem de Galerna. Al segle XII, el castell havia resistit un setge de pràcticament un any i, en Guillem de Galerna, sense treure l'espasa de la funda, havia aconseguit que els àrabs que envoltaven el castell marxessin. Vuit mesos després de l'inici del setge, va oferir un banquet al cabdill àrab, que va adonar-se que a dins del castell hi havia menjar per al pare i per a la mare. En realitat, Guillem de Galerna havia fet cuinar els darrers aliments que quedaven al castell. Molt espavilat, en Guillem! De fet, aquella mateixa llegenda me l'havia explicat el meu pare quan jo era petit i de no sé quin lloc de França. Suposo que devia ser la típica llegenda que s'atribueix a un de cada deu castells, però m'agradava.

Passat el castell, vaig arribar a la paret de roca i d'allà a la bauma va ser un moment. En Roig no hi era, i quan en vaig tenir prou d'esperar-lo fora, vaig entrar i em vaig posar a remenar. Que la cova no fos estrictament una casa trobo que convidava a remenar. Vaig anar directament a mirar els llibres. N'hi havia molts de fotografia i de teatre. És clar, si no tenia tele ni vídeo —de DVD no cal ni parlar-ne—, una pel·lícula o altra havia de muntar-se. Entre els llibres, sobresortia una carpeta, un àlbum fotogràfic ple de material desordenat que contenia retalls de diaris, fotografies, carnets acreditatius... En Roig apareixia en algunes de les fotografies. Se'l veia més gras i més jove, portava el cabell curt i una armilla blava d'aquestes que tenen mil butxaques. En una de les fotografies se'l veia subjectant una càmera de televisió; en una altra se'l veia envoltat de nens, i encara en una altra, al costat de tot de gent estirada a terra, gent que feia tota la pinta de ser morta.

—Què, nen? Remenant? Mossegant la mà de qui t'alimenta de cafè amb llet?

—Que... jo...

—Sí, sí. Ja m'ho imagino: no has tocat res, la bauma no és meva, ni teva i etcètera, etcètera i etcètera. I ja t'ho miraré, si ho recordo i etcètera.

—Ho sento, Roig, he mirat els llibres i he tret aquella carpeta perquè...

—És la carpeta del passat.

—Del passat?

—Sí, nen, sí: nou mesos a l'any fora de casa; passeigs per totes les guerres, i quan no hi ha guerres, com que tothom sap que se t'ha endurit la pell i el cor, t'envien a cobrir qualsevol desastre. Primer vius de la mà amb l'horror i després t'acostumes a tot. I al final et comença a agradar, i un bon dia et trobes sortint de l'hotel a altes hores de la matinada, perquè un contacte t'ha dit que han metrallat un comando a l'entrada de la ciutat. Tu hi vas, i quan hi arribes, el comando és del tot operatiu, cap baixa. Llavors comences a pensar que, amb una mica de sort, els mataran en poca estona i així podràs fer el reportatge i no t'hauràs llevat en va. Un altre dia mous una mica un cadàver per tal que el pla et quedi millor i entres en una espiral molt difícil de trencar.

—Sento haver mirat la carpeta.

—És culpa meva. Si l'hagués llençat, no l'hauries vist. Però si l'hagués llençat, llavors potser un dia seria capaç d'oblidar què hi faig, en aquesta cova.

—I què hi fas?

—Viure tranquil i no contaminar.

—No contaminar? —vaig dir pensant que tenia vel·leïtats ecològiques.

—Estic contaminat per l'horror.

—Estàs penjat, Roig!

—Sí, no ho descarto. A tu no et fa molta ràbia aquesta gent que sempre està segura d'ella mateixa?

A mi el que em començava a fer una mica de ràbia era jo mateix.

—Fins després, Roig! —vaig dir mentre marxava.

—Fins després, nen.

Quan vaig tornar al mas, vaig anar-me'n directament a la meva habitació, però en passar per davant de la de la Mariona, com que la porta era mig oberta, vaig veure que estava acabant-se de vestir. Vaig fer veure que no la veia per estalviar-li la vergonya, si és que en tenia, però ella va cridar un «bon dia».

—Bon dia! —vaig respondre.

—Mira! —va dir assenyalant el llit.

Damunt del llit hi tenia l'estoig de la guitarra d'en Maurici.

—L'Anna m'ha dit que a Valbou hi ha un *luthier* que podria reconstruir-la.

Li vaig agrair que digués «reconstruir-la», perquè quan va dir la paraula *luthier*, vaig tenir un lapsus i no vaig tenir gaire clar què era exactament un *luthier*. Em sonava a alguna cosa de cuina francesa o a algun ofici medieval. Gràcies a la seva breu explicació involuntària, la meva pròpia misèria cultural em va caure a sobre a pes. Vaig fer el possible perquè no es fes gaire evident.

—Això no té solució! —vaig dir agafant un tros de guitarra.

—Què ens costa anar a Valbou? Ens hi portarà l'Anna. Ja li ho he demanat.

Donava per segur que l'acompanyaria. I l'encertava. Una hora més tard érem dins del Renault Quatre fent, revolt rere revolt, el camí de Valbou.

Per aconseguir arribar al taller del *luthier*, vam haver de preguntar a cadascuna de les botigues del carrer Major del poble. Ningú no sabia dir-nos on era. Quan anàvem per mig carrer, se'm va acudir que potser aquell *luthier* ja no hi era o que no hi havia estat mai i es tractava simplement de la típica llegenda rural. Quan pràcticament ja havia perdut l'esperança, vam plantar-nos davant del taller. Era tancat.

—Fa un mes que és de vacances. No crec que trigui gaire a obrir —ens deia la dona de la cistelleria del davant.

—Ni dos minuts —va dir una veu.

Darrere nostre hi havia un home amb pinta de capellà antic o de científic calb amb una barba de dos dies, que va afanyar-se a furgar el pany de la porta.

Després que obrís els llums del taller, ens va fer posar l'estoig damunt del taulell i ell mateix va obrir-lo.

—La mare que em va...! Què heu fet amb aquesta guitarra?

—Nosaltres no hem fet res. És d'un amic i tampoc no la va trencar ell.

—Això ja no és una guitarra, això és una samfaina de fusta i metall.

—No té solució? —vaig preguntar, gairebé afirmant.

—Això només pot servir per encendre foc. Guardeu les pastilles, que sempre us en donaran alguna cosa, i la placa i...

—Anem —va dir l'Anna.

Després dels adéus de rigor, quan estàvem a punt de sortir del taller, l'Anna, sense que sabéssim a què es referia, va dir que estava clar que allò del violí havia de ser mentida.

—De mentida res, maca! —va dir el *luthier*.

—No? —va interrogar ella—. Si d'un violí que era un grapat de serradures i fustes podrides en va fer aquell instrument, d'aquesta guitarra que només està una mica trencada, no en pot fer res?

El *luthier* va venir cap a nosaltres gairebé violentament tot repetint les paraules «una mica trencada» com si les mastegués, va agafar l'estoig que jo sostenia i el va tornar a posar sobre el taulell. El va obrir, va mirar-ne l'interior i va tancar la tapa de l'estoig i els ulls. Després ens va mirar.

—Cinc dies.

Vam somriure.

—I prepareu mil cinc-cents euros —va afegir.

—Què? —vaig dir, convençut que amb el pas de les pessetes als euros, l'home s'havia fet un embolic.

—Mil cinc-cents euros! I penseu que més de la meitat són per al material. Si no us va bé, la podeu arreglar vosaltres mateixos.

—Endavant! —vaig dir, mentre l'Anna i la Mariona em miraven com si m'hagués sortit alguna cosa rara a la cara.

—Molt bé, cinc dies —va repetir el *luthier* abans de mirar l'Anna—. Una mica trencada... Quins ous!

L'Anna va deixar un pagament avançat de cent euros i, així que vam sortir del taller, totes dues van perforar-me amb la mirada.

—De moment que l'arregli —vaig dir—. Ja pensarem com ho paguem, no?

—Jo tinc set-cents euros estalviats —va dir la Mariona.

—Ets igual que la teva mare —va afirmar l'Anna, amb rotunditat.

—Com és la meva mare? —vaig preguntar.

—Com tu! —va dir mentre continuava caminant.

—Fins que la guitarra no estigui arreglada, no cal que diguem res a en Maurici —vaig dir sense gaire convenciment que poguéssim pagar el que ens demanava el *luthier*—. Per cert, de què anava allò del violí?

—Aquest home, aquí on l'heu vist, era el *luthier* oficial d'alguns dels millors violinistes del món. Fa cinc o sis anys va arreglar un violí alemany del segle XVIII, que cinquanta anys enrere els nazis havien estavellat perquè pertanyia a un violinista jueu. Quan li van portar estava fet pols. Totalment fet pols. Gairebé era serradures. Quan el *luthier* el va retornar, l'estat del violí era tan impecable que alguns mitjans de comunicació van suggerir que el *luthier* havia aconseguit trobar un violí idèntic i simplement havia fet un canvi de plaqueta. Fins i tot el músic que li havia fet l'encàrrec va dubtar.

—Però què representa que hi guanyava comprant un violí i fent el canvi?

—Prestigi, Roc, prestigi —aclaria l'Anna.

—Bé, però el va canviar o no? —va demanar la Mariona.

—No, dona, no. Casualment, una cadena anglesa de televisió havia estat fent un reportatge de com havia anat refent l'instrument pas a pas.

—Llavors... Quin problema tenia?

—Cap, però va plegar. Va decidir no tocar mai més cap violí. Va tancar el seu taller i es va instal·lar a Valbou.

—I així aconseguia prestigi? —vaig dir en to mofeta.

—No, Roc, no. Així aconseguia dignitat —va dir l'Anna.

Al mas vaig tenir una petita discussió amb en Pau que, tot i que respectava la meva bona voluntat amb l'assumpte de la guitarra, m'acusava d'irresponsable. La

Mariona em feia costat. Per primera vegada vaig tenir la sensació que ella i jo formàvem equip i vaig sentir-me fort, extremament fort.

Hi havia aigua! La bassa començava a omplir-se i a l'era hi havia una furgoneta de les grosses carregada de gallines, gallines vives. En Pau les anava triant no sé amb quin criteri, perquè a mi totes les gallines, més marrons o més blanques, em semblaven més o menys igual de fastigoses.

—Durant uns quants dies no faran ous?

—Ah, no? —vaig pseudointeressar-me.

—No. Estan estressades —va aclarir en Pau.

Només faltava això, gallines estressades! Jo sí que estava estressat! La Mariona em va portar a una de les habitacions on encara no havia estat. Era com una mena de laboratori de savi boig, un taller on hi havia tot d'objectes més o menys antics, més o menys vells, com un parell de màquines d'escriure, un escriptori, dos plats, una ràdio antiga de vàlvules, una butaca, un moble petit amb no sé quants calaixos i mil objectes més —gairebé em traeixo a mi mateix i deixo anar la paraula *andròmina*, i, a sobre, en plural.

—Què és tot això?

—Ho he tret de la deixallaria de Galerna i també hi ha coses que han sortit dels contenidors del carrer. És al·lucinant les coses que la gent llença. No et sembla?

—És al·lucinant les coses que la gent guarda —vaig respondre.

—Arreglo les coses a poc a poc i, de tant en tant, en venc alguna a un brocanter de Galerna. Qui s'hi guanya la vida és ell, que ho ven tot a preu d'or, però jo en trec un bon pessic. No em queixo. No em paga fins que ho ha venut, però aquesta vegada li demanaré que m'avanci diners. Potser...

Ja veia per on anava, però el problema és que no hi havia res que estigués acabat d'arreglar. D'altra banda, amb les meves mans no hi podíem comptar. La meva nul·litat manual era i és absoluta. Tot i això, m'hi vaig llançar de cap. Sense traça, però amb ganes.

—Per on comencem? —vaig dir decidit a fer el que fos.

—Per la ràdio. Cal desmuntar-la. Jo em dedicaré a la fusta i a la roba que tapa els altaveus. Tu hauries de netejar-ne l'interior, perquè no hi quedi ni una engruna de pols. Vine!

La Mariona va encarar-me a un armari on hi havia tota mena de productes: paper de vidre, llimes, cotó, espàtules, decapants, antitaques, vernissos, ceres, tints, llimes, pasta de fusta, draps, tornavisos, serres i una ampolla de Coca-Cola! Dissortadament, l'ampolla era plena de vernís.

Fins l'hora de dinar vam estar treballant de valent. Ella feia la feina més pesada, la feina de suar; jo, per contra, seia a taula i treballava amb un drap. Em va semblar que era una mica el món al revés. I, amb tot, va ser ella qui va acabar abans. Va posar-se al meu costat i, mentre jo em dedicava a netejar la darrera vàlvula amb molta cura de no trencar-la, va recolzar-se a la meva esquena, i quan vaig notar els seus pits, els nervis em van atacar per dalt i per baix.

—Te'n surts? —va preguntar.

—Faig el que puc. Com ho veus? —vaig dir mentre les mans amb prou feines podien sostenir la peça que li mostrava.

—Perfecte. Et contractaré com a ajudant.

—A dinar! —va cridar en Pau.

—Escolta —va dir ella—, abans d'anar a casa d'en Maurici, podem passar per la botiga del brocanter. Li deixem la ràdio i, de passada, li podem dir que en un parell de dies li portarem una de les màquines d'escriure. N'hi ha una del 1913 que segur que li interessarà.

—Perfecte!

El company s'havia lluït amb el dinar. No sé si com a periodista era bo o dolent, però com a cuiner era un fora de sèrie. De primer havia fet un sopa amb unes pilotetes de carn d'olla, tòfona i no sé què més. De segon, per continuar la tradició de la manca de carn, un pastís d'escalivada, i de postres —meravella de les meravelles!—, figues amb nata i nous.

—Bona, eh, la nata?

Com que en tenia la boca plena, vaig haver de fer que sí amb el cap.

—L'he fet amb aquella llet que t'agrada tant! —va humiliar-me.

—No hi ha res com tenir una bona llet —vaig dir quan vaig haver-me empassat la major part del que tenia a la boca.

La Mariona em va mirar i em va fer riure, i la nata em va sortir projectada cap a la cara d'en Pau. Van riure. Jo també. M'adonava que per primera vegada havia rigut de gust. De l'avorriment i la solitud dels dos primers dies, ja no en quedava ni el record.

Piranyes rurals, *jazzmen* heroics i mares òbvies

A Galerna ningú no semblava tenir cap pressa excessiva per a res. És automàtic, vas a un poble o a una petita ciutat i mai ningú no té pressa. I si tu en tens, a sobre del mal rotllo que t'agafa a còpia d'anar acumulant esperes interminables, quedes malament; com si no tinguessis dret a tenir pressa o a escollir on o amb qui passes l'estona. Total, que eren dos quarts de cinc tocats i no hi havia ni una trista botiga oberta.

Vam haver d'esperar davant de la botiga del brocanter. Se'm va acudir deixar la ràdio a terra per descansar els braços, però la Mariona m'ho va impedir. Va dir que si el brocanter veia la ràdio a terra, automàticament ens en donaria menys diners. No vaig entendre-la fins que vaig veure el brocanter en qüestió.

Va baixar d'un quatre per quatre impecable, i així

que va obrir la boca vaig veure que es tractava d'una autèntica piranya rural. Només va faltar que, darrere nostre, comparegués una senyorassa que venia a recollir un llum de sobretaula. El botiguer va passar de nosaltres completament i va perdre el seny llepant el cul d'aquella dona, que, com a mínim, es pensava que era la gran marquesa de Galerna. Si hagués portat una mica més d'or al damunt, ella sola hauria pogut patrocinar un sorteig extraordinari de la Creu Roja o convertir-se directament en la cúpula del Taj Mahal.

Una vegada la marquesa va estar enllestida, l'actitud del brocanter va canviar radicalment. Esquerp i malhumorat, el botiguer es va dedicar a dir que aquella ràdio no valia res, que ja en tenia tres i que totes eren millors, que ja no tenien sortida i no sé quantes estupideses més.

Era un altre malparit. A vegades em sorprenc. Només jo sóc capaç de veure a primer cop d'ull qui va de legal i qui és un malparit? Aquell tipus era un desgraciat de marca. S'aprofitava de la Mariona, de la mateixa manera que es devia aprofitar de tanta altra gent que, en definitiva, eren les persones gràcies a les quals ell es guanyava la vida. I se la devia guanyar més que bé, perquè el quatre per quatre amb què havia arribat era dels bons, amb tapisseria de pell i tota la pesca.

—Si voleu, deixeu-me-la aquí —va concedir—. Quan la vengui, ja us diré el què.

Era curiós. Cap dels objectes del brocanter no tenia el preu marcat. Possiblement el tipus se'l devia inventar sobre la marxa, quan algun client l'hi demanava. I la Mariona era tan primaveres que, quan ell li devia dir què n'havia tret, ella devia acceptar a la primera. M'hauria pogut jugar el nas o alguna altra part del cos més important, sense cap risc de perdre-la, que el tipus vendria la ràdio per un dineral. És més, estava disposat a esbrinar-ho.

Arribats a casa d'en Maurici, vam haver de passar una estona amb els seus pares, perquè ell dormia. La mare i el pare estaven bastant més tranquils que quan els vam deixar a l'hospital. Vaig aprofitar que parlaven de la festa major de Galerna —tema interessantíssim però ja superat— per anar al lavabo i, quan vaig tornar cap a la sala, vaig aturar-me al passadís perquè vaig sentir una conversa entre la mare d'en Maurici i la Mariona, que venia de la cuina.

—Llavors —deia la mare d'en Maurici— li van demanar que digués d'on havia sortit i qui era el noi que anava amb tu.

—En Roc?

—Sí, en Roc. Però no va dir ni paraula. Li van dir que tindria molts problemes i que no volien que ningú parlés amb ells, amb vosaltres, vaja.

—I què va dir?

—Què vols que digués? Va callar i no va dir res.

—I llavors va ser quan...?

—No, no. Pretenien que els digués quin dia tocava a La Nit i si vosaltres, tu i en Roc, hi aniríeu. Ah, també volien que els digués on serien l'Anna i el teu pare. No va dir res, és clar. I aleshores va ser quan van treure la guitarra de l'estoig.

—I què va dir?

—Ja el coneixes... Va dir que en Roc era un agent de la CIA i que tu, ell, l'Anna i en Pau el dia del concert seríeu a Buckinham Palace prenent el te amb en Carles d'Anglaterra i la seva àvia. La resta, imagina-te-la.

Vaig tornar cap al lavabo, perquè em va semblar que ja sortien de la cuina, però sobretot perquè estava tan sorprès que necessitava urgentment seure sol i tranquil, encara que fos a la tassa d'un vàter. Aquell tio, en Maurici, gairebé ni em coneixia, així que no li hauria costat res dir qui era jo i què hi feia, a Galerna, i, en canvi, va dir que jo era agent secret i que prenia el te a Buckinham Palace! Va riure's a la cara d'uns malalts disposats a trencar-li una guitarra que era com si fos la seva noia. Ara entenia la frase que havia fet que la Mariona i jo ens enfadéssim. Sí, era un músic excepcional, però encara era millor persona. Em vaig sentir molt petit, molt miserable, molt poca cosa. Una merda amb potes i un cervell diminut.

Quan vaig tornar a la sala, en Maurici ja hi era. Feia molt millor posat, tot i que portava el braç i el cap embolicats i tenia la cara feta un mapa de blaus i liles que verdejaven i groguejaven pertot arreu. Se'l veia tranquil, potser trist, però s'esforçava a dissimular.

—Què, Maurici?

—Ja ho veus, fotut, però la mà —deia alçant-la— la tinc perfecta. Saps qui era en DJango Reinhardt?

—No.

—Acompanya'm —va demanar.

Vam anar a les golfes. Allà va agafar la guitarra acústica. Amb la mà bona, l'esquerra, no tenia cap problema, amb l'altra es limitava a percudir les cordes allà on la caixa de la guitarra tenia el forat. Tot i així, sonava perfecta.

—Jo diria que Django Reinhardt va ser el rei del *swing*. Per culpa d'un incendi, la mà li va quedar feta pols, tres dits de la mà esquerra li van quedar inservibles, però va aconseguir un lloc preferent en el cel dels guitarristes. No has vist *Acords i desacords* de Woody Allen? En parlen.

—Digue'm qui ha estat, Maurici —vaig dir canviant el tema.

—I què faràs? Els trencaràs un piano a l'esquena?

Vaig fer un moment de silenci. I ell va aprofitar per continuar.

—No podem convertir això en una pel·lícula de l'oest —va dir amb rotunditat.

—No, no cal que sigui una pel·lícula de l'oest, perquè ara ja és una pel·lícula de la màfia. Vols que continuï així?

—Si s'ha de fer res, s'ha de fer alguna cosa intel·ligent. Què vols? Que posi una denúncia contra algú que tindrà una coartada? Sense testimonis? Encara quedaria com un boig. No, gràcies.

La Mariona va entrar a l'habitació, seguida per la mare d'en Maurici.

—Ah, no! Res de guitarra —va cridar la mare, que era un pèl histèrica—. Ja has sentit què ha dit el metge. Descans absolut! Així que ara t'estires al llit o en un sofà i a descansar. Demà serà un altre dia!

Sí, «demà serà un altre dia», «els cansats fan la feina», «va callar i no va dir res», «d'on no n'hi ha, no en raja». Sense proposar-s'ho la mare d'en Maurici era una autèntica màquina d'enllaçar obvietats.

La Mariona va fer un petó a en Maurici i jo li vaig donar un cop suau a l'esquena. La mare es va excusar amb nosaltres (sé que semblarà impossible, però va dir «disculpeu les disculpes»). La dona estava resolta a fer que el seu fill descansés al preu que fos.

Vaig caminar en silenci. Em feia por sentir el ressò de

la meva pròpia veu carregada sempre d'ironia o de solucions fàcils per als problemes més greus. Qualsevol cosa que hagués pogut dir, hauria sonat ridícula. Quan l'Anna ens va recollir, vaig mantenir el silenci fins a arribar al mas. Potser van pensar que estava emprenyat, però, en realitat, el que em passava és que em sentia culpable. No hi podia fer res. Jo no havia clavat la pallissa a en Maurici, però era com si l'hagués assenyalat perquè la hi donessin.

En arribar al mas, en Pau em va fer saber que havia rebut un correu. Era dels pares. Fora dels «com estàs», «et trobem a faltar» i altres tòpics més o menys lluïts, em deien que havia aprovat el curs. Em va fer tanta il·lusió que automàticament vaig deixar de llegir i me'n vaig anar directament a dormir. Mitja hora més tard, sense haver sopat, dormia com un tronc. Quan tinc problemes, no dormo perquè estic nerviós, i quan els nervis ja m'han posat molt nerviós, l'únic que puc fer és dormir; així és que ho vaig intentar, però al cap de poc la imatge d'en Maurici rebent em va despertar de sobte. Jo m'hi hauria tornat: primer, els nervis m'haurien bloquejat; després, hauria tancat els punys, i, finalment, m'hauria llançat a cegues contra qui fos. Què sé jo? Què n'havia tret ell? Què n'hauria tret jo? Si als violents no els atura la violència, què els atura?

Mitges mentides, mitges veritats i mitges de seda

Miracle! Altra vegada vaig ser el primer a llevar-me. No ho sé, potser la vida rural m'estava canviant el metabolisme o la composició genètica —si és que es pot canviar, que ni ho sé ni m'interessa—. Me'n vaig anar cap a la bauma, amb tota la intenció de trobar en Roig. Era curiós, perquè la primera vegada que vaig parlar amb ell em va semblar que estava com una campana i l'únic que vam aconseguir va ser mantenir un diàleg estrany. En la segona ocasió havíem anat molt més lluny, almenys fins a la conversa, i en aquesta tercera ocasió sentia que havia de veure'l. No sabria dir per què tenia la necessitat de veure'l i parlar amb ell, però el cert és que alguna cosa em feia caminar cap a la bauma.

Com de costum, la bauma era buida. Vaig cridar en Roig un parell de vegades i quan anava a fer-ho per tercera vegada, va ser ell qui, des de darrere, va dir el meu nom.

—Cafè?

—Amb llet —vaig respondre.

Vaig explicar-li la meva història —incloent-hi en Solà i el tamboret—, la d'en Maurici i la del brocanter de Galerna. Em va semblar que no m'escoltava, però vaig continuar parlant, perquè m'anava bé. Ell anava mirant l'interior de l'objectiu d'una càmera, que netejava de manera malaltissa. I, com que semblava que no venia d'aquí, vaig esplaiar-me en les explicacions. Al final va resultar que sí, que m'havia escoltat. De fet, era la persona ideal per explicar-li coses, perquè allà on els altres haurien fet una aturada per deixar anar un consell moral o ètic, ell callava, i allà on els altres callaven, ell tenia coses a dir. I, ni que fos per la diferència, ja pagava la pena.

—Pel que fa a això del pelat i al cas del guitarrista, ara mateix no hi puc fer res; però pel que fa al tema de la ràdio de la teva xicota...

—No és la meva xicota! —vaig saltar.

—«No és la meva xicota, no és la meva xicota» —repetia amb veu infantil—. Llavors què és? La teva cosineta? Tu sabràs què et convé, però això de la ràdio de la xicota ho solucionem ara mateix.

En Roig es va aixecar i va començar a remenar els calaixos d'allò que anomenava llit. Davant meu va anar transformant-se. D'okupa troglodita va passar a ser una mena de noi de partit de dretes, amb el cabell amb fixador i cua, vestit com si fos un executiu en temps de lleure, amb nàutiques i polo Ralph Lauren.

—Què et semblo?

—Increïble.

—Jo abans era així.
—Abans de què?
—Abans de res. Abans de tot. Anem?
—És que no he dit res a casa —vaig justificar-me.
—Trenques una cadira al cap d'un pelat i després has de demanar permís per arribar tard a l'esmorzar! No fotem, home!

En Roig va anar-se'n cap a l'entrada de la cova, es va posar les mans a la boca per fer barraqueta i va cridar amb tota la seva força:

—Que ja som grandets, collons!

Em va convèncer. Vam fer via cap a Galerna, però així que vam arribar a la carretera vam fer autoestop, i, pocs minuts més tard, enfilàvem el carrer de la botiga del brocanter.

—Dos minuts i torno —va dir.

Concedit. Vaig quedar-me al carrer i ell va entrar. Podia veure'l a través dels aparadors. El brocanter anava de corcoll, s'ajupia per mostrar-li l'interior d'un calaix o s'aixecava per ensenyar-li el marc d'un mirall. Tot d'una, vaig poder veure com en Roig li assenyalava la nostra ràdio. Van estar-se una bona estona furgant aquí i allà, girant els voltímetres i examinant les vàlvules. Dels dos minuts que havia parlat en Roig, res de res. Segurament ja se li havia enganxat la mesura pagesa del temps, aquest descontrol cronològic que converteix cinc minuts de pagès en una hora de ciutat, un passeig en una marató.

Vaig seure a la vorera, a l'altra banda del carrer i, mentre m'entretenia mirant unes noies que seien a la terrassa d'un bar, vaig veure'l venir de cara subjectant la nostra ràdio.

—Quatre-cents cinquanta euros! Espero que us en paguin una bona pasta.

—Però què has fet? Te l'has comprat?

—Què passa? M'ha agradat.

—Però si no tens electricitat a la bauma!

—I a tu qui t'ha dit que la vull engegar? La vull per posar-hi a sobre la fotografia d'algú que estimo.

Aquesta vegada, abans de deixar Galerna, en Roig va trobar un pagès d'Ullàs i vam fer el retorn asseguts al darrere d'un quatre per quatre Pick-up, acompanyats per dos perdiguers que no paraven d'ensumar-nos. Vam acomiadar-nos a prop del mas. Quan vaig entrar a casa, en Pau em va mirar amb mala cara.

—Què passa? —vaig preguntar—. He anat a fer un volt.

—Em sembla molt bé, però tal com estan les coses, hauries d'haver avisat.

—D'acord, la propera vegada avisaré —vaig atorgar.

Vaig esmorzar sol, perquè l'Anna, la Mariona i en Pau ja ho havien fet.

—On és la Mariona?

—És al taller, netejant una màquina d'escriure, em sembla.

—Perfecte —vaig dir—. A la tarda potser podrem portar-la a Galerna i així veure'm si el brocanter ha venut la ràdio.

—No pateixis —va dir l'Anna—, segur que la ràdio encara és a la botiga. A Galerna tot va a poc a poc, pas a pas.

Sí, a poc a poc m'adonava que l'Anna sí que tenia coses de la meva mare. El nas, els ulls, la manera d'arrencar-me els cascos del discman i aquella seguretat a l'hora de dir estupideses.

—Doncs mira —vaig contestar—, a mi el cor em diu que no, que la ràdio ja no hi és.

L'Anna em va mirar de reüll i, després, va mirar en Pau amb cara de «no li facis cas, que no hi és tot».

La Mariona era davant la taula del taller, ocupada remenant roba amb uns guants de llana.

—Estàs cosint?

—No. Vull provar de pintar mitges de seda a mà. Jo crec que les podria vendre bé. Si la gent compra mocadors i fulards pintats a mà, per què no ha de voler mitges pintades a mà? De moment encara només és un projecte.

—I els guants?

—Són per no fer carreres. La seda és delicada.

—Però quedaran bé unes mitges pintades? —vaig dir per dir alguna cosa.

Es va aixecar d'una revolada, com si se sentís ofesa. Va agafar unes mitges i se les va posar davant meu. No vaig saber quina cara fer. És més, em sembla que se'm va desencaixar la mandíbula al mateix temps que m'esclataven uns quants centenars de milers de neurones.

—Què et sembla?

Va haver de repetir la pregunta perquè només se m'acudia dir que estava molt bona.

—Fantàstica!

—Fantàstica?

—Fantàstic! —vull dir—. Molt bona... És molt bona idea.

Realment, la Mariona era un flaix. No solament estava bona, sinó que era una fura per als negocis. Darrere del punt hippy s'hi amagava una empresària en potència. I, a més a més, era extremament espavilada, fins al punt que m'acomplexava. Jo mai no havia aconseguit guanyar res.

—Va, acabem la màquina! —va proposar.

Vaig ajudar-la i com que ja la tenia molt avançada, vam aconseguir deixar-la impecable abans de dinar, just perquè a la tarda en Pau ens portés a Galerna i ens deixés a les portes de cal brocanter.

Unes quantes hores més tard, entràvem a la botiga i esperàvem que el piranya acabés de despatxar una parella gran que volien un escriptori. En mostrar-li la màquina d'escriure, va fer cara de pocs amics, va arronsar el front i va dir que la hi deixéssim en un racó.

—I la ràdio?

—L'he mig venut. La tinc al magatzem. Teniu —va dir mentre passava setanta euros a la Mariona.

—La ràdio l'ha venut aquest matí, per quatre-cents cinquanta euros, i en metàl·lic —vaig dir.

—Què t'empatolles, nen?

La paraula *empatolles* em va provocar un curtcircuit. Per si sola ja és una paraula prou repugnant. De fet, sembla una barreja de les paraules *empat* i *olla*, per bé que també podria ser-ho de *panotxa* i *toll*. La paraula *nen* acabava de fer-ho tot més repulsiu.

—M'empatollo que vostè és un porc! —vaig deixar anar, sorprenent-me a mi mateix.

I aquí la cosa es va complicar. Després d'uns quants crits a tres bandes, tots contra tots, la Mariona i jo vam trobar-nos plantats al mig del carrer amb els setanta euros a la butxaca i la màquina d'escriure. Era una situació difícil, no solament pel pes de la màquina, sinó perquè la Mariona tenia ganes d'escanyar-me i a mi em faltaven paraules per explicar-li que el piranya rural era una rata estafadora.

—Molt bé. Ho has fet molt bé! —cridava—. M'he quedat sense client! Què faig ara? Em munto una paradeta de mobles antics a la carretera?

—Que no veus que t'estava estafant? —em sulfurava.

—És normal que s'hi guanyi la vida!

—Aquí tothom es deixa apunyalar per l'esquena —vaig dir com si se m'escapés un pensament en veu alta.

—Què?

—Res!

—Què? Què has dit?

Tenia ganes de guerra, la Mariona, però jo tenia un pla millor. Vam deixar la màquina d'escriure a La Nit, on l'Agulló ens la guardaria fins que poguéssim tornar a buscar-la. En general, segons la Mariona, l'Agulló queia malament a tothom. A mi, però, em semblava un bon home que s'amagava sota una capa de protecció de mig metre de gruix. A més a més, em cridava l'atenció perquè era la persona més elegant que havia vist a Galerna. No és que anés vestit de cap manera especial, que fos molt guapo ni res d'això, però el que portava posat semblava un model exclusiu. Vestia de negre de dalt a baix, el meu color preferit. Era el tipus d'home que, si sortís per la tele, faria que la meva mare —crec que la meva mare no veu res que no surti per la tele— digués alguna cosa com «que interessant!».

—Anem a la bauma d'en Perris —vaig proposar mentre passàvem per davant de les darreres cases de Galerna.

—A la bauma? A què fer?

—Vull que en Roig t'expliqui una cosa.

—En Roig? En Roig està com una cabra!

—Sí, però és una cabra intel·ligent.

Als afores de Galerna vaig aturar un cotxe aixecant el dit gros. La Mariona va fer mala cara, però va pujar darrere meu. El conductor del flamant Audi-6 que es va aturar devia pensar que tots dos érem de fora de Galerna, perquè els sis quilòmetres que vam compartir ens els vam haver de passar escoltant com es vivia de bé a Galerna.

—Sí —vaig dir recordant els jocs de paraules de la mare d'en Maurici—, s'hi deu viure molt bé, excepte si s'hi viu malament, perquè llavors s'hi deu viure molt pitjor.

La Mariona va haver de fer esforços per aguantar el riure. Després, els quatre quilòmetres de pista i el tros de muntanya que hi havia fins a la bauma, vam fer-los a tota marxa, esbufegant. La Mariona sovint remugava alguna cosa i jo, de tant en tant, també. Continuàvem esbufegant, però cap dels dos no volia que l'altre se n'adonés. Finalment, vam arribar a la bauma.

—No hi és! Mai no se sap on és —deia la Mariona—. A vegades no el veus en setmanes i després, cada vegada que mires cap a la plana, el veus aquí o allà fent fotos o gravant vídeos.

—Bon dia o bona tarda o el que sigui —va dir en Roig des de la boca de la bauma—, que, pel que fa al cas, tant li fa.

La Mariona es va quedar una mica tallada perquè, tot i que l'havia vist mil vegades, mai no havia parlat amb ell directament.

—Roig, li pots ensenyar la ràdio? —vaig demanar.

—Sí, és clar. La tinc al capçal del llit. A sobre hi tinc un ciri i la foto de Paul Simon. No us heu adonat que hi ha molta gent que sol posar les fotografies de la gent que més estima sobre la tele? Jo, com que no tinc tele... Jo estimo Paul Simon, sobretot per la cançó *Still crazy after all these years*.

Efectivament, tenia la ràdio on havia dit. I, efectivament, estava com una cabra.

—Quant t'ha costat, la meravella? —vaig preguntar amb una ingenuïtat aparent.

—Una ganga! Me n'he fet quatre-cents cinquanta euros —va dir amb orgull.

—Tant? —vaig dir—. Nosaltres te n'hauríem venut una d'igual per només setanta. No, Mariona?

—Llàstima! Si ho hagués sabut! —deia en Roig.

La Mariona no va callar, simplement pel fet que encara no havia obert la boca, però és que, a més a més, es veia claríssim que, a partir d'aquell moment, seria difícil que l'obrís.

Tot d'una, en Roig es va posar a parlar amb ella i jo, en lloc de seguir la conversa —més aviat el monòleg—, em vaig quedar penjat. Encara em costava entendre que en Maurici hagués donat la cara —mai millor dit— per mi i que en Roig, que pràcticament no em coneixia, m'hagués fet aquell favor sense demanar res en canvi. Potser ja començava a tocar ser capaç de fer alguna cosa per als altres sense sentir pànic de fer el ridícul o passar por per les conseqüències que es derivessin dels meus actes. O és que deixaria que en Solà i la cadira em guanyessin i em convertissin en un covard? Era això, justament això! Tenia la sensació d'estar a punt d'entendre el que m'estava passant i no acabava de sortir-me'n. Com quan el *tonteres* de la classe diu «és que sé què és però no sé com dir-ho». No, cony! Si no saps dir-ho, no saps què és!

Quan tornàvem cap al mas, més que pensar-ho, em va sortir una idea a raig, per la boca.

—Demà agafarem el tren i anirem a casa meva.

—A casa teva? Per què?

—Perquè hi tinc els diners que necessitem per pagar el *luthier*.

—I d'on has tret tants diners?

—Fa dos anys que estalvio per comprar-me una moto.

—I la moto?

—Que s'esperi!

Total, tampoc no tenia tot el que costava la moto, i encara menys el que em demanaven per assegurar-la. D'altra banda, l'institut estava al costat de casa... L'única cosa que no acabava de tenir clara és si ho feia per mi, per impressionar la Mariona o perquè trobava que era el que havia de fer.

—Vols dir? —va preguntar quan va haver passat una estona.

—Sí, vull fundar una ONG: Guitarristes sense Fronteres.

Aquella nit, al llit, vaig imaginar l'anada amb tren cap a casa. I no vaig sentir el soroll dels corcs de les bigues, ni el cruixir dels sostres, ni la fressa del bosc, ni res de res. Ben pensat, potser sí que sentia sorolls, però, simplement, havien deixat de ser una molèstia. És clar que em feia recança allunyar-me de la moto, però tenia la sensació que per primera vegada, d'ençà de feia temps, decidia fer una cosa amb cara i ulls, una cosa de la qual em pogués sentir orgullós, no per explicar-la als altres ni res d'això, sinó per a mi mateix.

John i Yoko, Bogart i Bacall, tu i jo

Teòricament marxàvem d'excursió. L'Anna i en Pau estaven contents del meu interès sobtat per conèixer la zona. Amb tot, crec que van notar alguna cosa. Sóc especialista a dissimular, però aquella nit, entre altres coses, havia somiat que en Pau, vestit de mosqueter, m'agafava, em portava a l'habitació de l'ordinador i em deia: «D'home a home, Roc. Suposo que les teves intencions respecte a la meva filla són bones. Però... ja vigileu?» I, mentre deia això, fregava amb un all una espasa immensa. «Així, si punxo algú, asseguro la infecció.» Després d'aquest somni, quina cara havia de fer?

—No fas bona cara —va dir l'Anna.

—Tinc al·lèrgia i he passat mala nit.

—Al·lèrgia? Al·lèrgia a què?

—No ho sé. Fa mesos que m'estan fent proves... Em

ploren els ulls i em surten taques vermelles a la cara. Aquesta nit tenia els ulls que em pensava que em sortien de la cara, però ara ja estic força bé.

L'Anna va fer cara de preocupada. Havia triomfat. Una mentida tan ben col·locada em va retornar la seguretat a l'instant.

La Mariona no va voler que féssim autoestop per anar a Galerna, així és que fins a l'estació de tren ens vam mamar els deu quilòmetres íntegres. Al tren, vam seure davant de dos turistes anglesos que semblaven enfadats amb el món i que només es dirigien la paraula per maltractar-se o per discutir. Els *shits* i els *fucks* anaven de bòlit. Em feien pensar en la baralla absurda que havíem tingut la Mariona i jo dins del Renault Quatre. Eren ridículs.

Tot d'una vaig notar el cap de la Mariona recolzat a la meva espatlla. Dormia. M'agradava sentir l'escalfor del seu cap. Hauria volgut que els cent cinquanta quilòmetres que ens separaven de casa s'haguessin convertit en mil cinc-cents o en cent cinquanta mil, però es va produir aquell conegut efecte que consisteix que, quan vols que el temps s'aturi, comença a córrer de manera inversament proporcional als teus desigs (al de física de l'institut, això li hauria agradat).

Per arribar fins a casa no ens va fer falta sortir de l'estació. Allà mateix vam agafar el metro. Dues parades després, sortíem al carrer just davant del portal de casa.

Tot i que portava les claus a la butxaca, vaig trucar per l'intèrfon. Volia assegurar-me que els pares no hi eren. Més que res, perquè, si me'ls trobava, tal com és la meva mare, m'hauria passat quinze dies donant explicacions.

De cop, així que vam entrar, vaig adonar-me que no recordava del tot la casa —cosa estúpida, perquè feia pocs dies que havia marxat cap a Galerna—. En tot cas, no m'agradava. Era la primera vegada que tenia aquella sensació. El pis era gran i amb molta llum, però estava decorat com si el dissenyador més *hortera* d'El Corte Inglés —i això és ser molt *hortera*— se n'hagués fet càrrec. Definitivament, no m'agradava, com tampoc no m'agradava la meva habitació, amb el pòster central de la Salma Hayeck i la postada plena de medalles de natació i copes de futbol que havia aconseguit amb orgull i que ara, en canvi, m'avergonyien.

Vaig obrir el calaix dels calçotets (em pregunto què hi troba la meva mare, en els motius mariners com àncores, dofins i timons) i vaig extreure'n el sobre on guardava el feix de bitllets.

—N'estàs segur? —va preguntar la Mariona.

—Sí, ja et vaig dir que vull ser president de Guitarristes sense Fronteres.

—Que burro que ets! Ets incapaç de fer res ben fet sense sentir-te una mica ridícul, oi?

I aquí se me'n va anar la bola. Vaig avançar-me cap a ella i vaig fer-li un petó, mentre interiorment em repetia «que no es cabregi, que no es cabregi, que no es cabregi». I no es va cabrejar, em va agafar i em va tirar cap a ella amb tant d'impuls que vam anar a parar a sobre del llit. I em va tornar el petó elevat al quadrat o al cub.

Mentre ens fèiem petons i ens abraçàvem, vaig adonar-me que estava totalment enamorat i vaig pensar mil coses i entre aquestes coses se'm va acudir que potser feia el que feia per impressionar-la o potser no, potser l'impressionat era jo. De tota manera, la idea d'equivocar-me o no ja l'havia tingut la nit anterior i va desaparèixer quan vaig pensar que el que importava era fer-ho, pel que fos, però fer-ho. I, entre petons i pensaments, la porta de l'habitació es va obrir i l'Emma, la senyora que venia a fer les feines de casa, va fer un crit de pànic que nosaltres vam respondre amb un crit de terror. Vam haver de calmar-la i de calmar-nos i després li vam pregar que no digués res als meus pares. Representava que simplement havíem baixat de Galerna per agafar unes «coses» que necessitava i tornàvem a pujar.

—Què necessitaves? —va preguntar.

—Coses! —vaig contestar amb seguretat.

L'Emma, que era una bona dona, va avenir-se al tracte: ella no deia res als pares i jo tornava cap a Galerna immediatament. No era la primera vegada que l'Emma em cobria una bola. I esperava que no fos la darrera.

—Ja vigileu, Roc? —va preguntar l'Emma, quan la Mariona no la podia sentir.

—Molt. Vigilem molt, Emma —vaig contestar.

Vist i no vist, l'estada a casa es va acabar i, quan vam sortir al carrer, la Mariona em va agafar la mà. Vaig caminar molt a poc a poc, amb cura de no passar per enlloc que exigís que ens deixéssim anar, per por que després no ens la tornéssim a agafar. El tren, semblava que hagués tingut en compte els nostres desigs: tan bon punt vam posar els peus a l'andana, va fer la seva entrada a l'estació i, a sobre, vam disposar de dos seients tranquils, l'un al costat de l'altre.

—Per què m'has fet el petó?

—No ho sé... Cony! Quines coses preguntes!

—I si no m'hagués agradat?

—M'hauria tancat al lavabo de casa i hauria sortit al cap d'uns quants anys, quan tu fossis velleta.

Va riure i em va fer un petó molt llarg que únicament va acabar perquè la senyora del seient del davant va fer una mena d'estossec nerviós. El revisor ens exigia els bitllets.

Vam parlar de mil coses i entre aquestes coses hi havia en Roig, que no era exactament una cosa, però tampoc no quedava clar del tot què era. La Mariona deia que segurament havia tingut un desengany amorós i que per això s'havia aïllat del món, a la bauma. De fet, segons ella, no era el primer que s'hi havia refugiat. Sembla que, en època medieval, un cavaller, de qui deien que era germà bastard de Carlemany, va tancar-s'hi i es va deixar morir perquè la dama que ell estimava no li feia ni cas. No, no anava per aquí. Jo sabia exactament perquè s'estava a la bauma, en Roig; s'hi estava per no estar-se en un psiquiàtric i el motiu no tenia res a veure amb cap amor no correspost ni amb res de semblant, sinó amb el fet que havia hagut d'enfrontar-se amb l'horror i la violència a primera línia i s'hi havia enganxat. I mentre pensava això, em vaig adonar que el que ens passava a mi i a en Roig, d'una manera o altra, s'assemblava; tots dos ens havíem apropat a la violència i tots dos ens n'havíem volgut apartar, ell marxant a viure a la bauma i jo fent-me una mena de cuirassa i convertint-me en un cretí. Era així, pam més, pam menys; per aquí havia d'anar la cosa.

Quan vam arribar al mas, després dels deu quilòmetres a peu, estàvem rebentats i morts de gana; l'hora de dinar ens havia passat de llarg i, en canvi, no era prou tard per sopar. La nevera, prou assortida de recipients plens de menges sobrants de dinars i sopars anteriors, ens va oferir un berenar esplèndid.

Vam decidir que aniríem a veure el *luthier* l'endemà i que, mentrestant, ens dedicaríem a no fer res i visitaríem en Maurici, a qui l'avorriment se'l devia estar fotent de viu en viu. L'Anna, malgrat que no era excessivament tafanera, es va entestar a saber d'on havíem tret el dineral que costava arreglar la guitarra.

—Entre el que ens han donat per la ràdio, el que ens han avançat per la màquina d'escriure i els dos mobles de calaixos que tenim emparaulats, el que tenia estalviat la Mariona i el que jo portava.

—La ràdio ja estava venuda! —va sorprendre's.

—Sí i ens ho ha pagat tot per endavant. És un bon tipus, el brocanter —vaig dir.

—Me n'alegro molt —va respondre amb cara d'incrèdula.

La Mariona s'aguantava el riure com podia i jo mantenia el posat. No hi ha res millor, després d'una bona mentida, que mantenir el posat fins a les últimes conseqüències. És l'únic que fa que, per més inversemblants que siguin les boles, els altres se les empassin doblegades.

Després de berenar, preteníem anar a fer un tomb pels voltants dels mas. Suposo que l'Anna i en Pau van pensar que ens havia agafat la fal·lera de les excursions. Tant ens feia. La qüestió era estar sols. Quan estàvem a punt de sortir, ens van dir que ells se n'anaven a Galerna perquè el gestor que els portava els papers del mas els havia trucat per dir-los que els havia de veure urgentment. Perfecte. No ens caldria ni anar d'excursió!

Així que l'Anna i en Pau van marxar, vam anar a l'habitació de la Mariona. Ella va posar música.

—Què és això?

—La cançó?

—Sí.

—*Little wind* de Jimmy Hendrix. Me la va gravar en Maurici.

Era una de les peces que en Maurici m'havia ofert en un dels concerts particulars a les golfes de casa seva. Devia ser la banda sonora de la nostra història, perquè, que jo sàpiga, totes les històries d'amor tenen una cançó com a banda sonora. Les guerres tenen himnes i les històries d'amor, cançons.

—*Cagun* Judes! Hi ha algú!

Era clar que no hi havia manera d'estar tranquils! A la porta de l'habitació endevinàvem el posat estrambòtic d'en Roig.

—Què passa, Roig? —vaig preguntar, convençut que si en Roig era allà dient allò i fent aquell posat, era perquè n'havia de passar alguna de grossa.

—Vosaltres passeu de tot o què?

—Roig, calma't. Què passa?

Com que se'n va anar sense dir res, vam seguir-lo fins a fora del mas i allà ens va obligar a girar-nos cap a la façana. Era tota tacada de pintura vermella, com si hi haguessin llançat globus plens de pintura, que, de fet, devia ser el que havia passat.

—Estava fotografiant uns pollancres —s'explicava—, i quan m'he girat per veure com tenia la llum, he vist que la vostra casa era de color vermell. I m'he espantat. Veig que esteu bé. Doncs marxo i s'ha acabat la història. Torneu al llit, que fa son.

—Espera, Roig! —vaig demanar—. Has vist res? Has vist algú?

—No. Avui no he vist res. Res de res. He vist el color vermell i no m'ha agradat gens. I, a més a més, avui no tinc el dia de parlar. Així que foto el camp!

La Mariona i jo ens vam mirar, buscant alguna explicació a tanta bogeria. En Roig, talment com si fos la mare d'en Maurici, va deixar anar:

—Demà serà un altre dia!

L'amic estrambòtic va desaparèixer per darrere del mas al mateix temps que l'Anna i en Pau arribaven per l'altra banda. Els vam dir que havien pintat la façana mentre nosaltres havíem estat fora. Tampoc no podíem dir-los que no havíem vist ni sentit res. La neteja va ser impossible. Com que la pedra del mas era molt porosa, per més que la freguéssim sempre quedava envermellida. Al final, en Pau va optar per enviar un missatge electrònic al pare d'en Maurici, que tenia un d'aquests aparells que llança aigua a pressió. Van quedar que l'endemà el portarien i que en Maurici també vindria. Era fantàstic! Podríem aprofitar per donar-li la Gibson. Segur que no s'ho esperava.

Sense adonar-me'n, m'estava involucrant tant en tot el que estava passant que sentia que cada animalada que feien contra el mas me la feien a mi mateix. A sobre, els fets s'enllaçaven a un ritme tan brutal com els solos d'en Maurici. I, a més a més, hi havia la Mariona. Érem *nòvios* o què érem? En cap moment ningú no havia dit les paraules màgiques «vols sortir amb mi» ni cap altra cosa per l'estil. A partir del petó de casa meva, ho havíem donat per entès gairebé tot. Potser ella pensava que quan jo marxés tot s'hauria acabat; potser estava sortint amb algú del seu institut, potser simplement s'ho havia volgut muntar amb mi. Potser mil potsers.

La Mariona era totalment diferent de les noies que fins aquell moment havien sortit amb mi i també era diferent de les que no havien sortit amb mi. Normalment m'agraden rosses, amb pit i els ulls clars. I ella era morena, amb poc pit i amb els ulls foscos, tan foscos que t'hi perdies. Em feia pensar que les altres noies eren com de broma, com de motlle. I ella, justament, trencava tots els motlles. En això ja no venia d'aquí, perquè a mi, de motlle sencer, ja no me'n quedava pràcticament cap.

Recuperacions i pèrdues

Per variar, vam llevar-nos abans que ningú. Volíem que, quan en Maurici arribés, la Gibson estigués esperant-lo.

Vam fer esmorzar l'Anna amb un embut i, quan en Pau tot just es llevava, vam marxar cap a Valbou. La Mariona i jo vam estar a punt de barallar-nos per veure qui seia al davant. Les anteriors vegades que havíem anat amb cotxe, em feia una certa ràbia que sempre hagués de ser ella qui ocupés el seient del davant; ara, en canvi, li cedia de tot cor.

Després que el Renault Quatre superés amb èxit les darreres corbes cap a Valbou, encara vam haver d'esperar una bona estona abans que el *luthier* obrís el seu taller. Quan l'home va arribar, venia amb una cara de triomf inqüestionable. Era un bon senyal?

Tots tres, l'Anna, la Mariona i jo, vam situar-nos davant del taulell. El *luthier* va desaparèixer i va tornar un minut més tard amb l'estoig. El va deixar a sobre del taulell i el va assenyalar amb les dues manes, cedint-nos el gust d'obrir-lo.

—És tot el que he pogut fer —va afirmar.

Era un mal senyal? Què volia dir aquella frase? Vaig obrir l'estoig amb la por de retrobar el nyap, però va aparèixer la lluentor del negre de la Gibson, impecable, brillant, amb les cordes que escopien la llum. Era per no creure-ho.

—Agafa-la! —va aconsellar el *luthier*.

Vaig agafar-la amb tanta cura com vaig saber i vaig repassar-la amb ulls de suposat expert. No hi podia trobar ni una rascada.

—I, ara, escolteu!

El *luthier* va agafar la guitarra i va endollar-li un cable que ja estava connectat a un amplificador més gros que una calaixera. Va posar-se a tocar un fragment que dies abans havia sentit tocar a en Maurici. El so era impecable. Perfecte.

—Fantàstic! —vaig dir mentre treia els diners de la butxaca.

—Són quatre-cents euros —va dir.

—Quatre-cents? —vaig dir sense saber si l'home s'estava equivocant, a causa del relativament recent canvi de pessetes a euros, o bé si ho deia seriosament.

—Vostè va parlar de mil cinc-cents euros —va saltar la Mariona, ingènua i honrada.

—Em vaig equivocar en el pressupost —es va excusar.

Era ben clar que allò era una mentida com un campanar, però ens n'alegràvem. Si hagués estat al revés, ens hauríem trobat davant d'un drama, però tal com el *luthier* plantejava les coses, tot ens semblava de color de rosa. Qui es queixa per un descompte?

—Ja ho podeu agrair a l'Agulló —va dir el *luthier*—. Ell també és amic del guitarrista.

—Jo no sé com estava el violí, però vostè és el rei dels *luthiers*. Això és clar.

El *luthier* va somriure i nosaltres vam sortir del taller amb la guitarra i un somriure d'orella o orella. Fins i tot els revolts de la carretera entre Valbou i Ullàs ens van fer gràcia. Jo somreia; havia tingut raó, darrere la pinta d'home dur, l'Agulló era un bon tipus. En el millor dels casos, era impossible imaginar que la guitarra hagués quedat tan bé. El *luthier* era un tipus especial. La seva calba, però, era molt diferent de les closques pelades dels cretins, era més aviat la corona d'un mestre savi.

Quan vam arribar al mas, en Pau esperava l'Anna per anar a Galerna. Havia rebut un missatge electrònic del gestor que els portava els papers del mas, que els pregava que tornessin a veure'l aquell mateix matí, urgentment. En Pau havia trucat al pare d'en Maurici per dir-los que, finalment, quedaven a la tarda.

Jo vaig oferir-me per quedar-me al mas, per vigilar-lo, però l'Anna era del parer que tal com estaven les coses era millor que marxéssim tots quatre.

Mentre l'Anna i en Pau visitaven el gestor, la Mariona i jo vam aprofitar per fer un volt. Vam passar per davant de La Nit i després vam mirar els aparadors d'algunes botigues del carrer Major. Jo mirava les de roba i la Mariona es dedicava a les òptiques, perquè deia que necessitava unes ulleres de sol. Vaig entrar en una botiga per preguntar els preus d'unes samarretes i, quan en vaig sortir, no vaig trobar-la. Com que sovint perdo la gent pel carrer, no vaig donar cap importància al fet. Vaig continuar caminant pensant que ens trobaríem al capdavall del carrer o a la plaça, davant del despatx del gestor.

Quan vaig arribar a la plaça, hi havia força gent que entrava a la farmàcia, al bar, a altres botigues, però la Mariona encara no havia arribat. Vaig esperar fins que en Pau i l'Anna van aparèixer i els vaig dir que la Mariona devia estar a punt d'arribar, que ens havíem perdut de vista al carrer Major.

Van explicar-me que el gestor havia rebut una última oferta de compra pel mas, una oferta que superava de llarg les que els havien fet anteriorment. Així doncs, què els devien oferir?

—Amb el que ens donen —va dir en Pau—, podríem pagar la hipoteca, comprar una mas més gran i amb més terres. I encara ens quedarien un munt de diners per fer el que en volguéssim. A tu, Anna, no et caldria fer més ceràmica.

Vaig pensar que en Pau tenia raó, que era una manera de solucionar les coses.

—És que jo vull fer ceràmica! —s'indignava l'Anna—. Jo no vull un mas més gran ni amb més terres! Vull el nostre mas!

Tenia raó. Ja sé que puc semblar una mica esquizofrènic, però em va semblar que els arguments de l'Anna eren incontestables.

—Quan heu de dir que sí o que no? —vaig preguntar per relaxar una mica la conversa.

—Demà. Tenim fins demà a les nou del matí.

Almenys això donava un marge. Vam estar una bona estona esperant la Mariona, però com que no apareixia, vam decidir anar a buscar-la. Vam fer el carrer Major dues vegades, una d'anada i una altra de tornada; vaig fixar-me bé en les òptiques, perquè era ben possible que estigués comprant-se les ulleres, però no vaig tenir sort. Un cop a la plaça, com que la Mariona continuava sense aparèixer, vam decidir que el lloc més lògic on podia haver anat era al cotxe. Res. Tampoc no hi era. Però enganxat al parabrisa del cotxe ens esperava un sobre blanc.

L'Anna es va afanyar a obrir-lo i en va treure un full. Li va faltar un pèl per no caure. Va passar el full a en Pau, mentre es recolzava al cotxe, com si s'hagués marejat. Jo vaig estirar el coll, per veure de què anava la cosa. L'escrit ens informava que la Mariona estaria bé fins l'endemà a les nou, que era quan, potser —deia el paper—, la tornaríem a veure. L'Anna es va posar histèrica i en Pau, fora d'insultar i renegar, no sabia ni el que es deia. L'escrit insistia que marxéssim al mas, que no féssim cap bajanada, que ens tranquil·litzéssim i que l'endemà a les nou del matí puntualment anéssim a signar el contracte de compravenda a cal notari perquè tots hi sortíssim guanyant.

—Anem-hi ara i firmem el que sigui. No cal esperar res! —va dir l'Anna.

Les discussions entre ells s'havien acabat. En Pau no va contestar, se'n va anar darrere de l'Anna i jo, darrere d'ell. Vam entrar a l'escala del despatx del notari, però el pis ja era tancat. No hi havia ningú. Un rètol a la porta indicava clarament que fins al matí següent no hi trobaríem ningú.

Mentre anàvem cap al mas, no dèiem res. Se sentia

com l'Anna moquejava i en Pau, de tant en tant, es lamentava i insultava ben bé no sé què ni qui. En Pau tenia molt poc a veure amb aquella toia comprensiva que jo havia imaginat sota el nom de «company». A mi, els nervis m'impedien reaccionar. Em van començar a fer preguntes. On érem la darrera vegada que l'havia vist? Com és que l'havia perdut? Quanta gent hi havia al carrer en aquell moment?... No podia contestar res del que em preguntaven. No ho sabia. No ho recordava. No entenia què m'estaven preguntant. Tenia por i, a la vegada, la preocupació pel que pogués passar a la Mariona ni tan sols no em permetia estar trist.

Arribats al mas, continuàvem sense saber què fer ni què dir. Totes les feines, totes les activitats havien quedat ajornades fins l'endemà. L'Anna i en Pau, que unes hores abans s'havien mostrat ferms en la seva decisió de no vendre i després havien discutit, havien resolt vendre, sense dubtar-ho ni un segon. El cop que havien rebut havia estat d'una efectivitat absoluta.

Era tot tan rocambolesc! Que l'alcalde fos el cacic del poble, ho entenia; que ell, el seu fill i els seus seqüaços fossin uns desgraciats, també, però d'aquí que fossin capaços de jugar-se-la en un segrest... Això superava de llarg tota lògica i ens situava en una mena de pel·lícula de psicòpates. Pel·lícules! Tot d'una, me'n vaig adonar. Si l'Anna i en Pau signaven el contracte, mai més no tornaríem a veure la Mariona. Ells, l'alcalde i companyia sabien que en Pau i l'Anna, sortint de cal notari, un cop recuperada la Mariona, anirien a denunciar els fets. Si la Mariona no sortia, no es podria acusar ningú de res. Sense culpables seria la paraula de dos neohippies —ja prou desprestigiada—

contra la de la gent important de Galerna. Ni se'm va acudir la possibilitat de comentar-ho a l'Anna i en Pau, però me'n vaig anar directament cap a la bauma d'en Perris a trobar en Roig, que tot i ser un boig de primera, actuava sempre portat per una lògica descomunalment contundent.

Quan sortia del mas, decidit a marxar cap a la bauma, arribaven en Maurici i el seu pare. Amb l'enrenou de tot plegat, ningú no havia pensat a avisar-los. El pare d'en Maurici va ser rebut per l'Anna, i jo vaig emportar-me en Maurici. De la Gibson, no me'n vaig ni recordar. De tota manera, les coses tampoc no estaven per a celebracions.

Mentre pujàvem cap a la bauma, vaig anar explicant a en Maurici quin era l'estat de la qüestió. Feia uns ulls com taronges.

—Tu creus que li poden haver fet alguna cosa? —va saltar.

En Maurici va preguntar el que jo no m'havia atrevit a pensar. Si no necessitaven tornar la Mariona, per què havien d'esperar que en Pau i l'Anna haguessin signat per fer-li res? Més valia no pensar en aquesta possibilitat.

En Roig, que donava voltes a les coses més senzilles, va entendre-ho a la primera.

—Mala peça al teler.

—Què vols dir?

—Que ho teniu molt fotut! Què podeu fer contra l'alcalde, el gestor, la policia i vés a saber qui més?

—La policia, has dit? —vaig estranyar-me.

—La policia fa els ulls grossos davant de totes les irregularitats de l'alcalde. Espereu un minut.

En Roig va tornar al cap de poc amb tot de fotografies en què es veia gent treballant en un camp. Hi havia altres fotos en què es veia la mateixa gent amuntegada en una mena de barraques infectes.

—Això són els camps de l'alcalde i aquests els seus treballadors. Són gent de Kosovo, Albània, les repúbliques de l'antiga Unió Soviètica. No tenen papers, ni drets, ni res de res; gent maltractada i explotada. Mireu aquesta fotografia... I, a sobre, l'alcalde i companyia són tan extremament racistes que no volen magrebins, volen gent de semblança europea. Quins pebrots! Més racisme en cada racista! És com un mal anunci feixista.

En Roig ens mostrava una altra fotografia: en un primer pla hi havia l'alcalde parlant amb dos policies i al darrere hi havia tot de treballadors baixant d'un camió.

—En Pau i l'Anna poden parlar de segrest i del que vulguin, però què tenen al seu favor? —insistia en Roig—. La seva paraula? Digues, què tenen més?

El boig de la bauma havia confirmat tot el que jo pensava, però, tot i així, jo encara necessitava oposarme a la lògica, més per necessitat que per convenciment.

—Tenen això! —vaig dir mostrant l'escrit que havíem trobat al parabrisa del Renault Quatre.

En Roig va examinar el full, mentre girava el cap a una banda i a l'altra.

—Genial! Una nota escrita amb ordinador. Lletra arial dotze i paper blanc de vuitanta grams. Això ho ha pogut fer qualsevol tarat que tingui un ordinador. I, a més a més, d'entrada, ja deu portar les empremtes digitals de la teva tia, el seu manso, les teves i les meves. Això, com a mínim.

—Què proposes, Roig?

—Què proposo? Jo? Jo sóc el boig de la ciutat. No sé ni què he de fer amb la meva vida, així que...

—Vés-te'n a la merda, Roig! Tu no estàs boig. Tu passes de tot! —vaig cridar.

Vaig sortir enravenat de la cova. Darrere meu hi venia en Maurici, que es queixava i s'afanyava a renyarme.

—T'has passat! Què vols que hi faci, en Roig?

—En Roig s'ha passat mitja vida desfilant per les guerres de tot el planeta i per això que en diuen conflictes bèl·lics. Les ha vistes de tots colors. Si més no, hauria de saber per on començar a buscar.

—Potser és per això que s'està a la bauma.

—Sí. Exactament és per això, però si en canvi de fotre el cap sota l'ala hagués fet com en Francesc Boix, ara potser no hauria d'estar-se podrint en una merda de cova!

—Qui és aquest?

—Qui és aquest? A Galerna esteu a la lluna, oi? En Francesc Boix va ser un fotògraf, presoner dels nazis a Auschwitz. Quan el Tercer Reich va caure, tenia tantes fotografies del que havien fets els nazis, que va aconseguir que en el judici de Nuremberg en condemnessin uns quants.

Vaig callar i vaig continuar caminant. Segurament la por i la mala llet que portava a sobre em feien dir aquelles coses i si hagués continuat parlant segurament hauria acabat passant-me amb en Maurici. Era incapaç d'aturar-me a pensar que la gent reacciona de maneres diferents, segurament de l'única manera que poden o saben reaccionar. Hauria volgut controlar-me, però els nervis m'ho impedien.

—Se t'acut per on hem de començar a buscar? —vaig preguntar.

—No ho sé. Només hi ha una persona que s'hagi enfrontat un munt de vegades a aquesta gent i se n'hagi sortit.

—Qui?

—L'Agulló, l'amo de La Nit. Té amics a tot arreu, coneix gent influent i...

—I què? —em vaig avançar.

—Que té uns collons com un temple.

—Anem a veure'l —vaig decidir.

—A peu? —va dir en Maurici, amb cara de fàstic—. Tu saps portar moto?

—Sí —vaig dir, sense afegir que simplement n'havia portat dues o tres de deixades i, total, per fer un volt.

—En Pau té una moto vella, al darrere d'on té les gallines. És una Ossa Explorer, una moto de l'any de la picor, però sempre a punt, neta i impecable. Si vols...

—Quin motor? —vaig preguntar.

—Dos-cents cinquanta.

Ens va faltar temps per tornar al mas, buscar la moto i engegar-la. Quan en Pau, l'Anna i el pare d'en Maurici van sortir de la casa per veure què passava, en Maurici i jo ja érem de camí cap a Galerna, sense casc, sense carnet, però amb l'esperança que l'amo de La Nit ens pogués ajudar. La vella Ossa funcionava a la perfecció. Em sentia com l'Steve McQuinn en *La gran evasió*, una pel·lícula que havien fet a la tele els dies que m'estava clausurat a casa en la qual el tipus s'escapava dels nazis amb una moto.

Vam deixar la moto davant del bar i vam entrar. La noia del taulell, quan vam preguntar per l'Agulló, ens va fer passar en un despatx. Vam trobar-lo al darrere d'una taula. Estava escoltant un disc dels d'abans, de vinil. Semblava que, mentre els músics tocaven, algú estigués fent-se uns ous ferrats.

—Maurici, fas molt bona cara! Quan podràs tornar a tocar?

—No ho sé, Agulló. Hem vingut perquè tenim un problema. Un problema greu.

—Problemes a Galerna? Què dius? —va dir cínicament—. Endavant, sóc tot orelles.

Vam explicar-li el que ens estava passant. L'Agulló es mantenia tranquil. Per més fort que fos el que li explicàvem, no modificava ni una engruna el seu posat, continuava amb un dit el compàs de la música. Tenia les mans a sota de la barbeta i un cigarret li penjava permanentment dels llavis.

—L'alcalde és un malparit —va dir sense cap mena de passió o de ràbia—. Abans que res, cal que la busqueu a tots els llocs on puguin tenir-la. Quan la trobeu, no feu res, torneu a La Nit.

—Tens ordinador —vaig demanar?

—Sí —va dir estranyat per la pregunta.

—Amb connexió a Internet?

—Sí, és clar! A quin segle et penses que visc?

—Necessito enviar un correu.

Vaig enviar un correu a en Pau i l'Anna per dir-los que estàvem bé, que estiguessin tranquils i que no es preocupessin per nosaltres. Suposo que devia servir de molt poc, però almenys volia intentar que a la preocupació per la Mariona no hi haguessin d'afegir la preocupació per nosaltres.

Quan vam sortir de La Nit, en Maurici em va explicar que en els darrers anys de l'època de Franco, l'Agulló, que militava en un partit polític d'esquerra, el PUC, el SUC o no sé què acabat amb *–uc*, va anar a parar a la presó i s'hi va passar cinc anys podrint-s'hi. No va sortir de la garjola fins després de la mort de Franco. Llavors el món havia canviat i els seus antics companys de partit havien fet carrera per disposar-se a ser els futurs alcaldes, regidors i diputats de la primera democràcia. L'Agulló també va canviar; va canviar aquells companys pels col·legues de cel·la i mai més no va voler saber res ni de política, ni de problemes socials, ni de res que no fos el jazz, que segons en Maurici era l'única passió que havia pogut mantenir sense sentir-se traït.

Segons en Maurici, l'Agulló havia fet un munt de coses —il·legals, en el millor dels casos—, però era un gran tipus! Què el diferenciava, doncs, de l'alcalde de Galerna i companyia? Que era el nostre amic? Que estava de la nostra banda?

De cop, vaig recordar que al final de la pel·lícula l'Steve McQueen s'estavellava contra una tanca i els nazis l'agafaven.

Recerques i més recerques

La llum abandonava els carrers de Galerna, quan l'Ossa ens portava cap a casa de l'alcalde, als afores de la ciutat.

Un mur exagerat de pedra blanquinosa envoltava bona part de la casa, una autèntica torre de nou ric, molt gran i, sobretot, de molt mal gust. Una olivera al costat d'un xiprer, dos pins, una font d'aigua i —atenció— dos nans que sostenien cadascun d'ells un fanal! Tampoc no faltava una macropiscina, amb forma de ronyó, és clar. Aparentment, deixant de banda el mal gust que ho envoltava tot, la normalitat era absoluta.

—No pot ser tan idiota com per haver-se-la emportat a casa!

—I on l'ha pogut portar? —vaig preguntar.

—Al castell, a la font de l'Avellaner... La bauma queda descartada, és clar.

—Som-hi!

Vam recórrer els llocs que en Maurici havia dit i d'altres que van anar acudint-se-li, però la normalitat era absoluta a tot arreu. En una altra ocasió, la solitud extrema del castell, dalt de la muntanya, en plena foscor, potser ens hauria fet por, però tal com teníem els nervis el que menys ens preocupava era la foscor i la solitud. El lloc que ens va sobtar més va ser la finca on l'alcalde de Galerna tenia instal·lada la gent que treballava als seus camps. Era una mena de desastre que recordava les pitjors imatges dels camps de refugiats del Tercer Món que les televisions ens mostren a l'hora de sopar: misèria sobre misèria, sense aigua corrent, sense llum, amb matalassos per terra i el menjar en bosses de plàstic penjades de les bigues. Era una barreja de camp de refugiats i camp de concentració nazi.

Les hores havien anat passant i no semblava que tinguessin cap intenció d'aturar-se. El temps ens la jugava novament. Vam fer benzina a l'entrada de Galerna. No sabíem quanta ens en quedava i, per precaució, vam omplir el dipòsit. Quan estava pagant a la caixa, vaig veure que dins del cotxe que havia carregat el dipòsit abans que nosaltres hi havia el fill de l'alcalde, l'imbècil. Vaig deixar els diners al taulell sense esperar que em tornessin el canvi i vaig córrer cap a la moto de tal manera que en Maurici, en veure'm venir, va engegar-la perquè va entendre que una cosa o altra estava passant.

Vam fer un bon tros de carretera amb el llum apagat per evitar que ens poguessin veure des del cotxe. No em vaig plantejar ni un moment que sense casc, sense carnet i sense llum, si la policia ens aturava, no em podria treure el carnet mai més. L'únic que em plantejava és que anàvem al darrere de l'única pista que havíem aconseguit trobar i, encara, gràcies a la més pura casualitat.

El cotxe va trencar cap a l'esquerra i jo, sense pensar-ho ni un moment, vaig engegar camp a través.

—Al molí! Van al molí! Han agafat el camí del molí! —cridava en Maurici perquè jo el pogués sentir.

Vaig aturar el motor de l'Ossa i vam apropar-nos al molí empenyent la moto. Hi havia dos cotxes aparcats, el de l'imbècil, que nosaltres havíem seguit, i un quatre per quatre que em va resultar terriblement familiar. El del brocanter!

Vam apropar-nos a una finestra. Les cortines no ens deixaven veure què o qui hi havia a l'interior i què hi passava, però intuíem que hi havia tres o quatre persones al voltant d'una taula. Dalt de tot de la finestra, entre les cortines i la barra de la qual penjaven, hi havia un espai que havia de permetre veure l'interior. No m'ho vaig rumiar. Vaig agafar-me a les reixes de la finestra i vaig pujar fins a dalt. Vaig poder veure la Mariona asseguda i lligada en una cadira. També vaig veure l'imbècil, el seu amic i el brocanter.

—Hi ha algú a la finestra! —va cridar l'imbècil.

Sóc una mica curt. No vaig pensar que si em posava a la finestra per veure'ls, ells també em podrien veure a mi. Vaig fer un bot i en Maurici i jo vam córrer cap on havíem deixat l'Ossa. Quan ells van sortir del molí, en Maurici i jo avançàvem pel mig d'un camp de panotxes, empenyent la moto, ràpid, sense mirar enrere.

El mal que em feien els braços d'empènyer la moto no m'impedia pensar en la possibilitat que l'Agulló, fart d'esperar-nos, hagués tancat el bar i se n'hagués anat a dormir a casa seva. I si entràvem al molí? Vaig mig suggerir-ho. En Maurici s'hi va negar.

—Si l'Agulló ha dit que ens esperava, és que ens estarà esperant.

—Per què hi tens tanta fe? —vaig preguntar mentre empenyia la moto.

—Perquè té paraula i perquè els té quadrats. És l'única persona de Galerna que s'ha enfrontat a l'alcalde i ha guanyat. Li van voler tancar el bar, i no sé quins ressorts va moure que no l'hi van poder tancar. Llavors li va passar una cosa semblant a la que ens està passant a nosaltres. De tant en tant, entraven un parell de tipus a La Nit per amenaçar-lo i per acollonir la clientela. I saps com ho va acabar?

—Com?

—Els va trencar la cara i els va deixar emmanillats a les reixes de les finestres de l'ajuntament. Al costat de la finestra hi va deixar una foto tipus pòster en la qual es veia els dos tipus asseguts, dinant o sopant amb l'alcalde. I a sota del pòster hi havia una fotocòpia de la fitxa policial dels dos individus.

Vam continuar empenyent la moto, fins que vam estar prou lluny com per engegar i sortir rabent.

Quan vam entrar a Galerna, va passar el que era inevitable. Un policia va aixecar la mà per donar-nos l'alto. Vaig fer veure que m'aturava i quan vaig ser al costat del policia, vaig canviar de marxa i vaig accelerar. Per un moment em va passar pel cap que el policia tenia la pistola i ens dispararia. Però quina altra opció teníem?

En Maurici tenia raó, l'Agulló hi era. Va fer-nos entrar la moto al bar, i, mentre ens intentava calmar, nosaltres li explicàvem tot el que sabíem. L'Agulló em va dir que li havia arribat un correu al meu nom. Era d'en Roig. El boig havia anat a cal Fart, on en Pau li havia explicat com estaven les coses i que jo acabava d'enviar-li un correu. A en Roig li va faltar temps per saber que, si jo havia enviat un e-mail, ell me'l podia contestar. El missatge simplement deia que havia de veure'm amb urgència, a la bauma.

L'Agulló va començar a organitzar l'anada al molí. La cosa anava justa de temps. En tres hores, l'Anna i en Pau havien de ser a cal notari signant la venda de cal Fart. Teníem poc temps i l'espera m'estava començant a podrir.

—Un consell —va dir l'Agulló—, quan piquis amb una cadira agafa-la sempre amb les dues mans, perquè si te la prenen abans que la facis servir, el més fàcil és que te l'acabis menjant.

En Maurici va mirar a terra. Fins aquí havíem arribat! Fins i tot l'Agulló coneixia la història de la cadira. A diferència dels altres, però, em tractava com si jo fos un mena d'aprenent de mafiós a qui calia felicitar.

No podia estar-me aturat. Malgrat l'oposició de l'Agulló i d'en Maurici, vaig decidir anar a veure en Roig. Amb males cares, van ajudar-me a treure la moto al carrer i, a última hora, en Maurici va insistir a acompanyar-me per ensenyar-me un camí camp a través.

Vaig convertir els quilòmetres que hi havia fins a la bauma en una mena de París-Dakar en petit. Quan no acabàvem de veure clar algun tram de camí, baixàvem de la moto i el fèiem a peu, però, en general, creuàvem rieres, saltàvem roques i el que fes falta. Quan vam arribar al peu de la bauma, avisat pel soroll del motor, en Roig ja ens esperava.

—Roig, suposo que m'has fet venir per alguna cosa important.

—Depèn.

—De què depèn?

—De com ho vegis de clar.

Tan críptic com sempre, en Roig va treure una capsa amb una mena de televisió diminuta —un monitor, va dir—. Va connectar-la a una bateria de cotxe, i ens va posar un vídeo. Es veia el fill de l'alcalde i dos nois més que buidaven d'aigua la bassa de cal Fart. Seguidament, ells mateixos encenien el foc que havíem apagat dies enrere. Després d'un tall, es veia la mateixa gent donant de menjar a un gos que acte seguit s'ajeia a terra per no aixecarse; un altre tall, i la mateixa gent, a cop de pic, trencava la canonada de l'aigua; més tard, llançaven globus de pintura vermella contra la façana del mas i la cinta encara continuava. Canvi de cinta. El nou vídeo ens mostrava imatges dels treballadors de l'alcalde a les seves miserables barraques. Era un vídeo fet amb la voluntat de mostrar que aquells homes i dones treballaven i vivien en unes condicions lamentables, tercermundistes, miserables, inadmissibles. L'alcalde passejava entre ells com una mena de cacic esclavista de Louisiana a finals del segle XVIII.

—M'ho puc emportar, Roig?

—No. T'ho he ensenyat perquè m'han agafat vel·leïtats culturals i et volia preguntar què et semblaria si muntés una exposició. No et fot!

—Jo… —no sabia com mostrar-li el meu agraïment ni com demanar-li perdó per la meva actitud durant la darrera visita.

—Tranquil. Passo de tot, jo.

Vam ficar les fotografies i les cintes de vídeo en una

motxilla que en Roig ens va deixar i vam sortir rabent. En Maurici, de tant en tant, cridava, perquè fèiem uns bots tan bèsties que contínuament estàvem a punt de caure. Sobretot ell, que de tant en tant s'aixecava del seient com si anés a sortir volant. Però no tenia cap altre remei que anar ràpid, perquè durant l'anada a la bauma, per cobrir els deu o dotze miserables quilòmetres, havíem perdut un temps preciós, i l'Agulló ja devia estar preparat per a qualsevol barbaritat.

Tot i que semblava que anàvem molt ràpid, perdíem temps perquè a vegades havíem de retrocedir per salvar uns matolls o algun pendent suïcida. I, per més que corríem, els llums de Galerna sempre es continuaven veient al fons. Finalment, però, vam entrar a Galerna per un petit carrer de vianants que pràcticament naixia en el pendent de la muntanya i que baixava fins al centre de Galerna esglaó rere esglaó. Anàvem a tomba oberta.

—La mare que et va parir! —va cridar en Maurici.

Dins del bar, l'Agulló remenava una bossa d'esports. Era millor no saber què hi portava a dins.

—La cosa és molt senzilla —deia l'Agulló—. Entrem, comencem a repartir bufetades i vosaltres dos —ens deia a nosaltres— agafeu la Mariona i, sense mirar enrere, sortiu. No vull que ningú en surti gaire perjudicat, si no és que és del tot necessari.

—Ni parlar-ne —vaig dir.

L'Agulló em va perforar amb la mirada.

—Podem entrar —proposava—, repartim croissants i ensaïmades perquè esmorzin, els demanem que ens donin la nena i, si no ens la volen donar, diem gràcies i marxem, no?

L'escoltava només a mitges, perquè, mentre ell parlava, jo posava la cinta en el vídeo del bar.

—Què és això? —va demanar.

—Tenim proves —va dir en Maurici— que la mateixa gent que té la Mariona està emmerdada fins al coll.

—D'aquí a menys de dues hora, els pares de la Mariona —vaig dir per aclarir el meu projecte— aniran a signar a cal notari per vendre el mas Fart, que és el que aquests tios estan buscant des de fa temps. Si els ensenyem tot això, hauran de fer-se enrere, per força.

Aquesta vegada l'Agulló callava i feia que sí amb el cap mentre mirava com les pantalles de televisió penjades en una de les parets del bar mostraven espectacularment bé l'incendi de cal Fart.

—Això sí —vaig fer amb la veu de quan es demana alguna cosa—, si anessis al molí, podries impedir que s'emportessin la Mariona a un altre lloc.

—Som-hi! —va dir l'Agulló. Vosaltres us quedeu aquí fins a l'hora d'anar al gestor. Si hi ha cap problema, em truqueu —va acabar mentre em passava una targeta en què hi havia el número del seu mòbil.

—Jo vinc amb tu, Agulló —va dir en Maurici.

Vaig sortir a la porta per veure com marxaven. Van pujar al cotxe de l'Agulló. Abans, però, l'Agulló va posar la seva bossa d'esports al maleter del cotxe i jo vaig adreçar-me a en Maurici, quan l'Agulló no em podia sentir.

—Estàs segur que te'n vas amb ell?

—Sí, és clar. Per si les coses es torcen.

Em quedaven menys de dues hores, el que dura una pel·lícula o un partit de futbol. El temps pesava, tenia pes físic, podia sentir com em queia al damunt i m'esclafava. Estar tancat en un bar que tenia de tot i més, fins i tot billar, hauria pogut ser una festa i, en canvi, no sabia on ni com posar-me.

—Sortirà bé —vaig dir-me en veu alta sense aconseguir creure-m'ho del tot.

Allò havia de sortir bé; com fos, però havia de sortir bé. Em va agafar una por terrible, una por de mal de panxa i de bloqueig mental. Potser sí que era millor entrar a la casa repartint llenya.

Crec que va ser dels nervis que tot d'una el bar se'm va fer borrós i, amb el cap recolzat sobre el taulell, vaig endormiscar-me. Només feia falta que em caigués la bava. Al meu davant, darrere del taulell, hi havia una fotografia de l'Agulló amb tot de gent. Més que entendre una cosa o una altra, em va passar pel cap que l'Agulló, malgrat haver fet coses il·legals, malgrat haver estafat un banc o haver allisat uns goril·les, era un bon tipus, perquè tenia un codi, com els pistolers bons de les pel·lícules, com els cavallers Jedi. I el seu codi anava molt més enllà de l'interès estrictament personal. Darrere de la fotografia de l'Agulló, mig en somnis, hi apareixien l'Anna, en Pau, els meus pares, en Maurici, en Roig, jo mateix... I en cadascun d'ells, en cadascun de nosaltres, descobria coses millors i coses pitjors, febleses, pors, ràbies, manies, capacitats i incapacitats... Colors diferents, segons el dia, la circumstància o el moment, però, al capdavall, colors que es diferenciaven del negre. Durant el primer trimestre, la Seca en una hora de tutoria em va dir que jo tot ho veia en blanc i negre, i que la realitat era molt més complexa que tot això. Sí, segurament tenia raó, però el negre existia.

Vaig anar al lavabo per rentar-me la cara. Volia estar ben despert. Em veia diferent, potser era el cansament o la preocupació, però em veia i em sentia diferent. No volia caure en la por ni en el desesper, perquè qualsevol d'aquestes sensacions podien fer que el que teníem entre mans fracassés i no em volia arriscar. Aquesta vegada no tenia por per mi ni del que em pogués passar. Ni tan sols tenia por de la violència, sinó que aquesta ens retornés i ens i explotés al damunt.

A totes

Vaig engegar la moto per fer un recorregut de menys de tres-cents metres. Em sentia tan a prop de la victòria que no vaig saber estar-me'n, encara que fos per portar-la una darrera vegada. Vaig pensar que no venia d'aquí, i sí, sí que hi venia, venia d'aquí i d'allà, perquè a vint metres escassos de La Nit un cotxe de la guàrdia urbana em va barrar el pas. Evidentment, vaig clavar els frens per fer mitja volta, però no vaig poder fer més de deu metres que un altre cotxe patrulla va bloquejar el meu camí. Vaig deixar anar la moto, que va anar a picar contra un cotxe aparcat, i vaig entrar al portal de casa d'en Maurici. Vaig pujar fins al primer pis i vaig trucar a la porta.

—Gràcies a Déu! Ja ens pensàvem... On és en Maurici? —preguntava la seva mare.

—Bé, tot bé —vaig dir sense escoltar-la, mentre corria per dins de la casa.

No vaig sentir res més perquè vaig creuar la casa, vaig entrar a l'habitació on la germana gran d'en Maurici dormia com un tronc, vaig obrir el balcó i sense pensar-m'ho ni una vegada, vaig despenjar-me per la barana. Quan vaig sentir el truc de la policia, vaig deixar-me caure.

La caiguda va anar bé. Total era l'altura d'un entresol. Vaig caure sobre els dos peus, però després, una vegada ja era a terra, vaig perdre l'equilibri i vaig anar a parar a sobre de la motxilla d'en Roig.

Estava una mica desorientat, però sabia que podia arribar a cal notari. Com que corria, la gent amb qui em creuava em mirava. No sabia què era pitjor, si córrer i cridar l'atenció de la gent (què hi feia tanta gent pel carrer si totes les botigues eren tancades?) o deixar de fer-ho i donar temps a la policia.

Vaig girar un carrer i vaig trobar-me davant de la gestoria. Les coses que em passaven pel cap, mentre creuava el carrer, amb prou feines m'hi cabien. I si en Pau i l'Anna no havien arribat? I si hi havia un policia a la porta del pis? I si jo...? I si la Mariona...?

A la secretària que em va obrir la porta li vaig dir que portava uns papers per a la senyora Anna Ferran —l'Anna—. No va tenir cap problema a fer-me passar i aquí la va cagar, perquè, un cop vaig ser dins del pis, vaig començar a obrir totes les portes i, a últim intent, vaig trobar-me entre l'Anna, en Pau i el gestor.

—Però què fas aquí? —va dir l'Anna amb mala cara.

No vaig contestar, ni tan sols quan en Pau em va escridassar. Vaig posar la motxilla sobre de la taula i, mentre furgava l'interior per treure'n la càmera, vaig pregar que no s'hagués trencat en la caiguda del balcó.

Vaig engegar la cinta i vaig obrir la pantalla. Sortosament, funcionava.

—Mireu la pantalla.

L'Anna i en Pau van fixar els ulls a la pantalla i, de tant en tant, es miraven entre ells; el gestor feia cara d'haver patit una microembòlia.

—La cosa és clara —vaig dir—. Ara marxem al molí a buscar la Mariona. Tenim còpies de les cintes i els negatius de les fotografies —vaig advertir—. Més val que no us la jugueu. A l'alcalde no li agradaria veure el seu fill a la presó, oi?

—Truqui a qui hagi de trucar —va dir en Pau al gestor.

En Pau em va agafar i em va prémer lleugerament l'espatlla. Tenia els ulls envermellits, però li reien.

—La teva mare ha enviat un correu a l'Anna i li ho ha explicat tot. No saps com me n'alegro.

Vaig atribuir aquelles paraules als nervis que en Pau estava passant.

Però era força estúpid que estigués tan content pel fet que jo hagués aprovat el curs. És curiós les bestieses que fa i diu la gent quan està nerviosa.

—Jo n'estava segura —va dir l'Anna.

L'altra! Ara estaven tan agraïts que qualsevol cosa els semblava bé. Així que vam sortir al carrer, la policia va venir darrere nostre; el gestor, però, des de la finestra del seu despatx, els va fer un gest per indicar-los que ens deixessin passar. Era el moment.

—Això..., Pau que la moto... Que ja no tens moto!

—Deixa estar les motos, home!

Em pensava que en Pau em caparia i en canvi va passar de tot! El món donava voltes a una velocitat de mareig. Em volia gastar el que tenia estalviat per arreglar una guitarra, i després la guitarra em sortia gairebé de franc. Em posava de cul a la Mariona i al cap de no res me n'enamorava, després la segrestaven i, al final, amb un fals boig, un antic pres polític i un guitarrista accidentat aconseguia trobar-la.

Quan vam arribar al molí, en Maurici i l'Agulló eren a uns deu metres de la porta. La pudor de benzina era insuportable. El quatre per quatre del brocanter i el Golf GTI del fill de l'alcalde estaven ruixats de benzina de dalt a baix, per fora i per dins. A terra hi havia els vidres de les finestres dels cotxes, fets a miques.

—Mariona! I la Mariona? —cridava en Pau.

—Els he trucat i els he dit que si passa res a la nena... —va dir l'Agulló.

—I els cotxes? —deia l'Anna tapant-se el nas.

—Aquí no fuig ni Déu —va sentenciar l'Agulló.

L'Anna feia cara d'haver entrat a la quarta dimensió. A en Pau, els nervis començaven a trair-lo.

—Però per què no surt? —es desesperava.

—Volen negociar —aclaria l'Agulló.

—Negociar què? —cridava l'Anna.

—Algú els ha trucat...

—El gestor —puntualitzava l'Anna.

—Segurament. Han dit que volien les cintes de vídeo originals i les còpies.

Novament l'havia cagat. Vaig amenaçar amb la qüestió de les còpies per estalviar que ens la fotessin, però no tenia cap còpia i possiblement ni tan sols no existien. El meu esbufec va ser prou explícit.

—No hi ha còpies —vaig dir.

Encara no havia acabat de dir la frase que l'Agulló

obria el maleter del seu cotxe per treure'n la bossa. Instintivament, tots ens vam girar per veure quina cara hi feia l'Agulló, que conservava la seva serenitat a prova de bombes.

—Abans que res, caldria trobar en Roig —va dir—. On tens la moto?

—Ja no hi ha moto.

—Quan es triga d'aquí a la bauma?

—Entre el cotxe i el tros a peu, de vint a trenta minuts.

—Massa temps! Té telèfon, en Roig?

—No.

L'Agulló va callar i va anar-se'n cap a la porta de la casa. Va aturar-se davant d'una finestra on va estar-se una estona i després va tornar on érem nosaltres.

—Els he dit que ara ens porten les cintes, que cal esperar. Si més no, això ens donarà temps.

—I la policia? —va dir l'Anna.

—I si es posen nerviosos? —va contestar-li l'Agulló.

L'Anna i en Pau estaven paralitzats i jo, si fa no fa. L'Agulló assenyalava un dels camps de panotxes i ho feia amb tanta determinació que tots vam començar a encaminar-nos-hi. Ens anàvem girant i vèiem com l'Agulló remenava el maleter del seu cotxe. De cop, l'Agulló va començar a treure ampolles que contenien una aigua verdosa de les quals sortia un drap blanc. No era aigua, era benzina, i no es tractava d'un refrigeri, eren còctels incendiaris, còctels Molotov. En Pau es va girar violentament per dir alguna cosa, però l'Anna el va agafar. Què podia fer?

Tot d'una, l'Agulló es va aturar en sec i va mirar cap on érem nosaltres fixament, tan fixament que ens va obligar a mirar enrere per veure què passava. Quatre cotxes de policia i dos motoristes venien cap al molí a tot gas. Van aparcar davant del molí, formant una mena de barrera entre la casa i l'Agulló, que, per art de màgia, havia fet desaparèixer tot el material que uns segons abans tenia estès al seu davant. Hi havia policies per al pare i per a la mare, i, entre els policies, en Roig anava donant explicacions i assenyalant llocs i persones. Vaig anar-me'n cap a ell.

—No passo de res —va dir.

—Ja ho sé, Roig.

—Els parla la policia —va interrompre una veu que es distorsionava en passar pel megàfon—. Surtin d'un en un, amb les mans enlaire i desarmats...

La primera a sortir va ser la Mariona. Feia hores que no havia dormit ni menjat, tampoc no l'havien deixat rentar-se o pentinar-se, però jo vaig trobar-la més maca que mai. Vaig haver d'esperar que el seu pare i l'Anna desistissin de menjar-se-la a petons o l'ofeguessin a abraçades. Llavors sí, llavors ens vam abraçar i, passant d'en Pau, de l'Anna i de la resta, ens vam petonejar fins que la boca ens va fer mal. De reüll vaig poder veure que a l'Anna se li escapava el riure i en Pau feia cara d'haver descobert que la seva nena ja no era la seva nena. En aquests casos, em sembla que no hi ha cap diferència entre els pares carques i els pares progres.

Els policies s'emportaven emmanillats el fill de l'alcalde, el seu amic i el brocanter.

—L'alcalde, el seu secretari, el gestor i un parell de persones més ja han estat detingudes —explicava un dels policies a en Pau—. Això del segrest de la xicota és una cosa entre tantes: contractació de treballadors il·legals, construccions sense permís, tràfic d'influències i prevaricació, amenaces... Els caurà un bon paquet. Pel que fa a tu —em deia a mi—, ja pots recollir la teva moto, i que et quedi clar que si et tornem a veure portant-la abans de fer els divuit anys, et trauràs el carnet el mateix dia que et jubilis. Per cert, hauries de baixar a casa teva per arreglar els papers i per la qüestió de la denúncia.

—Què? —vaig preguntar al·lucinant.

—Què et penses que a Galerna no sabem amb qui tractem, en un cas com aquest? Oi, Agulló?

—Sí, sí —va dir l'Agulló, sense immutar-se i passant àmpliament del policia.

No sabia a què es referia el policia, però tant m'era. Les coses no podien haver sortit millor. Vam anar desfilant cap a cal Fart. Fins i tot en Roig, tan aparentment esquerp, va apuntar-s'hi. Més tard, van arribar els pares d'en Maurici.

—Això és molt gros —deia la mare d'en Maurici quan intentàvem explicar-li com havia anat tot—. És tan gros que és grossíssim!

Quan en Maurici va veure la Gibson es va posar a plorar i devia ser pels nervis que tots plegats havíem acumulat, però més o menys tothom va deixar anar alguna llàgrima. En Pau va començar a treure embotits i l'Anna, verdures —en pastís, en amanida, en conserva— per improvisar un dinar.

Cap al tard, vam sortir del mas per acomiadar-nos de la gent. Un moment abans de marxar, l'Agulló va anunciar un concert d'en Maurici per al cap de setmana següent i tothom ho va festejar. Vaig veure'ls allunyar-se cap als cotxes, excepte en Roig, que trescava muntanya amunt. Sense poder dir per què, sentia cap a tots ells una mena d'agraïment infinit. Era com si m'haguessin desaparegut les ganes i la capacitat d'anar carregant-m'ho tot. La sensació gairebé em feia estar insegur.

Quan tothom va ser fora, la Mariona i jo vam buscar un lloc tranquil on poder fer-nos petons lluny de les mirades de l'Anna i en Pau. Vam anar a l'habitació de l'ordinador. La pantalla estava engegada i el programa de correu era obert. Un moment que la Mariona va anar al lavabo vaig aprofitar per remenar.

Vaig obrir el missatge que m'havia enviat la meva mare i el vaig llegir. «El curs aprovat! Molt bé!» Però quan vaig tirar avall, em va faltar poc per desmaiar-me: «Això vol dir que ni denúncia, ni expedient, ni res de res.»

En Solà s'havia emmerdat en una baralla que havia acabat amb sang. Havia deixat clavada la seva navalla —exactament la navalla que jo havia descrit a comissaria i a l'institut— a la cama d'un noi magrebí, que es veu que el molestava molt pel fet d'estar-se al mateix bar que ell i també pel fet gravíssim i inevitable de ser magrebí, és clar.

A en Solà li cauria un paquet dels bons i jo em trauria tota aquella porqueria de sobre. Bé, tota no, perquè el tamboret sí que li havia trencat al cap i els cops de puny els hi vaig donar amb ràbia i a cegues, però amb totes les ganes. Aquest era el veritable problema. Quan havia passat tot el merder, a la gent no li havia preocupat gens ni mica el que jo havia sentit, però a mi sí que em preocupava, i ara, malgrat que tot se'm perdonés, tenia exactament el mateix problema, l'única cosa que em salvava és que a Galerna havia pogut solucionar les coses amb els altres sense fer servir cap cadira, utilitzant el cap, encara que fos per casualitat. Potser era... Potser era això el que ens fa diferents els uns dels altres.

Canvis

Una setmana a la ciutat, la gran ciutat, la meva ciutat, havia estat suficient per fer-me agafar mono de Galerna, de tota aquella gent, i especialment, és clar, de la Mariona. Ens havíem enviat cent correus i havíem parlat cada dia per telèfon, però no n'havia tingut prou. Quan vaig insistir per anar a passar el cap de setmana a casa de l'Anna, els pares van al·lucinar, però van concedir-m'ho. Fet i fotut, havia passat de curs i el meu atac violent contra en Solà havia quedat justificat del tot. De tota manera, la meva petició havia estat feta amb tal resolució que, automàticament, invalidava qualsevol resposta negativa. Tenia previst passar al mas tot el temps que pogués i una mica més.

El tren va deixar-me a l'estació. Tan bon punt vaig posar un peu a l'andana, vaig notar que l'escàndol de la setmana anterior havia tingut els seus primers efectes. A l'estació no hi havia ningú. De moment, els qui més hi havien sortit perdent havia estat aquella pobra gent de l'altra banda d'Europa que l'única cosa que pretenia era assegurar-se la subsistència. Toca't els ous.

Com que anava amb el temps just, tal com havíem quedat, vaig dirigir-me directament a La Nit. Caminava a poc a poc —a causa del pes de la bossa— pels carrers on uns dies abans havia passat com un llamp amb l'Ossa d'en Pau. M'agradava el passeig. Vaig pensar que, en pocs dies, Galerna havia canviat molt, fins que vaig adonar-me que era jo qui havia canviat.

En travessar un carrer, vaig poder veure que a la porta d'una botiga de queviures hi havia un cartell que anunciava una passejada popular fins al castell de Galerna amb l'objectiu de celebrar els nou-cents anys de la seva fundació. Vaig recordar que m'havia fet gràcia que d'una simple torre, i encara mig derruïda, en diguessin castell. Ara veia clar que encara que només quedés una simple pedra, o el record d'una sola persona que sabés la història del castell, caldria dir-ne castell, no pel que era, sinó pel que havia estat i, sobretot, pel que significava.

L'endemà aniria a la bauma a veure en Roig. En tenia ganes. Justament perquè mai no parlava seriosament, en Roig era una de les persones més serioses que mai no havia conegut. Ell entendria millor que ningú que el que m'havia passat amb en Solà havia obert un procés que anava molt més enllà de la preocupació per l'expedient de l'institut o la denúncia dels seus pares. Tant li feia que pares, tutora i policia s'haguessin passat una setmana demanant perdó i excusant-se; el problema era tot un altre. Davant de gent com en Solà, i com l'alcalde de Galerna, la tendència a respondre amb els seus mateixos mètodes és molt difícil de superar, per còmode, fàcil i descansada; i, si no la superes, t'hi enganxes, i si t'hi enganxes, al final cada vegada hi ha menys coses que et diferenciï d'ells.

Lluny, al final del carrer, s'intuïa la llum de neó que anunciava La Nit Jazz Club. Sota de la llum, tot de gent semblava haver començat la festa. De cop, vaig notar una mà que m'agafava una de les la nanses de la bossa. Se'm va accelerar el cor.

—Roig! Sempre has de fer aquestes aparicions?

—És que no arribaràs!

—Vas al concert? —em vaig sorprendre.

—Sí. Hi vaig perquè vull!

—Home...

—Ni home ni merda amb vinagre. La major part de gent fa les coses per obligació i, després, el costum els acaba convencent que tal cosa o tal altra els agrada. Però quan tens dret a dir que no, quan fas alguna cosa perquè vols, perquè realment vols... Pensa en la teva primera arribada a Galerna i en la que has fet ara. M'entens?

—Perfectament. D'això... Roig, tu creus que sempre hauré de recórrer a les cadires?

—I tu creus que em passaré tota la vida dins d'una cova?

De cop, li vaig passar l'altra nansa de la bossa. La Mariona venia corrent des de la porta de La Nit. Quan ens vam trobar, vam xocar i vam començar a barrejar llengües, boques i dents de tal manera que li vaig torçar les ulleres. D'esverats que anàvem, no aconseguíem acabar de coordinar-nos. Ens hi vam passar una bona estona. En Roig va passar-nos pel costat, sense aturar-se ni dir-nos res, tot i que el sentíem remugar. Al cap d'uns minuts, també ens va passar pel costat una parella de policies municipals que ens van donar la bona nit. Amb prou feines vaig poder aixecar una mà.

Quan vam entrar a La Nit, el bar era fosc del tot, però es notava que estava de gom a gom. Se sentien els sorolls de la xerrameca de la gent i el dring de les copes i els gots. De cop, un focus va il·luminar l'espai on tocaven els músics. En Maurici seia en un tamboret a la part central de l'escenari. Totalment recuperat del seu «accident», vestia de negre rigorós, amb el cabell fixat i pentinant amb una clenxa a l'esquerra que semblava feta amb un regle. Sostenia, evidentment, la seva Gibson impecable. Al seu costat hi tenia dos tipus que, pel cap baix, li triplicaven l'edat. A la dreta, una bateria diminuta, si la comparàvem amb les dels concerts de rock, mig tapava un músic; a l'esquerra, un contrabaix mig n'ocultava un altre. L'Agulló va aparèixer al mig de l'escenari amb un micròfon:

—tenim amb nosaltres un guitarrista excepcional. No vull entretenir-vos més. Amb tots vosaltres, Maurici Clapés Blues Band.

—Bona nit —va dir en Maurici—. Començarem amb un tema que té com a títol *Miracles a Valbou, accions a Galerna*. Un, dos, un, dos i...

Després d'un espectacular solo de guitarra, la bateria i el contrabaix van afegir-se a en Maurici. La Gibson sonava impecable, brillant i dolça, contundent i total. A prop de l'escenari vaig veure l'Anna i en Pau. Ells van aixecar les copes; jo, la mà.

Al taulell del bar hi havia un tipus que devia ser periodista. Tenia una llibreta oberta i un bolígraf a la mà, però en lloc d'escriure, no podia deixar de seguir el ritme mentre mantenia la boca oberta i torçava el cap per veure l'escenari.

La gent aplaudia sincerament. Amb força i amb ganes. En una punta del taulell, l'Agulló i en Roig preparaven uns còctels (després en Roig va explicar-me que es tractava de White Russians: vodka, Kahlúa, crema de llet i canyella). Al costat de l'Agulló i en Roig, hi havia un vell conegut: el *luthier* de Valbou, que seguia el ritme picant bojament sobre el taulell.

—*Sting, the dealers and the others in front of the mill.* Tres i...

Suposo que la gent del públic no ho va enganxar, però el títol era prou clar. Era una tema supermarxós, ràpid —aquí demostro que mai no podré ser crític musical—, que feia moure la gent de les cadires. En Roig ballava al costat del taulell i deia coses —diguem que poc adequades— a les noies que tenia al seu voltant. Era sorprenent que persones tan diferents com l'Agulló, en Roig i el *luthier* compartissin el racó del taulell i mantinguessin entre ells una actitud tan cordial. Més aplaudiments.

—Un tema que Django Reinhardt va enregistrar amb Stéphane Grappelli, *Nuages* —va anunciar en Maurici—. En traducció lliure, el títol seria *Els núvols que vénen i se'n van quan volen, com volen i perquè volen, conduïts per Galerna, que, a més a més de ser un vent, també és el nom d'aquesta ciutat.*

Després de les rialles i els aplaudiments de la gent, la Mariona i jo vam aprofitar els núvols d'en Maurici per petonejar-nos salvatgement. Què passaria si tot allò s'acabava? De cop, em vaig sentir molt covard i vaig recordar la història que en Maurici em va explicar de Django Reinhardt. Ell no va tenir la sort de poder preguntar-se com podia tirar endavant en un moment que tot li anava bé, sinó que va haver de tirar endavant quan tot indicava que el seu futur s'havia acabat i no va parar fins a ser un guitarrista de primera línia. Quan Django Reinhardt va ser víctima de l'incendi, tenia disset anys. La meva edat.

—I ara un blues! —va anunciar en Maurici—. *Si no caic de la moto, podrem ser amics per sempre més.*

Vam continuar amb els petons fins que la gent va aplaudir el final del tema. En Maurici i el tipus del contrabaix van canviar d'instruments. El contrabaixista va agafar un baix elèctric, el vell Hoffner del qual m'havia parlat en Maurici, i el meu amic va agafar una altra Gibson, més petita que la seva, més rockera, una Gibson Les Paul. L'Agulló va posar un micròfon al mig de l'escenari.

—Ja sé que La Nit és un club de jazz, però un rock no pot fer mal a ningú, oi? —va dir mirant-me directament.

La gent aplaudia, xiulava o cridava.

—*De fora vingueren i les noies ens foteren*! —va anunciar en Maurici.

El bateria va fer tres cops amb les baquetes —un nom ben estrany per a dos pals— i el quart el va donar a la caixa. En Maurici es va apropar al micròfon amb el posat fatxenda —Déu n'hi do també amb la parauleta— de l'Elvis:

—«Com pots trobar el que no estàs buscant?
Com pots trobar el que no estàs buscant?
Tranquils que ja passo de rimes 'tontes' en *-ant*!»

El tio cantava! I era com si cantés directament per a mi. La Mariona em tocava el cap i somreia. La gent aplaudia. En Roig ballava amb una cambrera i la mare d'en Maurici avançava cap a nosaltres.

—Ua, ua! —repetien el baixista i el bateria, tot fent els cors.

Abans que la mare d'en Maurici arribés on érem, l'Agulló la va interceptar i li va donar un White Russian. La dona, però, va aconseguir arribar fins on érem nosaltres i, aixecant la copa, va dir:

—Un dia és un dia!

Sense saber-ho, la senyora de les obvietats l'havia encertat. Un dia era una dia! No es tractava de saber què faries o què passaria l'endemà, sinó d'aprofitar el dia i de mirar de fer-ho bé. Aquesta era l'única manera. Érem feliços. Perquè sí, sense obligacions, perquè volíem, perquè, per més dubtes que tinguéssim, per més coses que no acabéssim d'entendre, havíem sabut escopir a la closca pelada dels cretins.

Jaume Copons

En Jaume Copons va néixer l'any 1966 quan la vida i la televisió encara eren en blanc i negre, i la policia vestia de gris. Des de jove, gairebé des de petit, va fer córrer que es dedicava a escriure. Era mentida. De fet, fins passats els trenta anys no va escriure res de res. Potser simplement ho deia perquè, com que és molt incrèdul, necessitava preparar-se el terreny.

Just després de deixar la universitat, es va fer empresari cultural. Però no va trigar gaire a arruïnar-se. Així, desfet el somni típic dels joves de finals dels anys vuitanta i principis dels noranta: fer-se rics ràpidament, i igualment desfet l'altre somni de joventut, que consistia a ser guitarrista d'un grup de *rock*, va anar a fer de professor a l'ensenyament secundari. Un dia, però, en un bar, va sentir uns tipus que deien que a Televisió Espanyola feien un càsting de guionistes. Com que no hi tenia res a perdre, en Jaume Copons hi va anar i acte seguit es va passar cinc anys fent guions per al programa de Barri Sèsam. Paradoxalment, la televisió, que sol treure tant temps de lectura i d'escriptura, va fer que en Jaume Copons es posés a escriure.

Després dels cinc anys de Barri Sèsam, en Jaume Copons estava una mica saturat de televisió i, a més a més, ja estava definitivament malalt de literatura: es va posar a escriure pels descosits perquè, finalment, havia descobert que el que més li agradava era escoltar i explicar històries. I es va posar a fer-ho en mitjans i gèneres diversos (novel·la, articles, contes, guions...) i també per a tota mena de públic. Per a grans, *Plagis, projectils i altres substàncies;* per a joves, a més a més de *La closca pelada dels cretins*, ha escrit *H. Bass*, *Set dies* i *La mà negra;* i per a nens, *Tot llegint*, una col·lecció de catorze contes.

Actualment en Jaume Copons segueix compaginant les classes amb l'escriptura de contes i novel·les, alhora que participa en activitats relacionades amb el món literari i cultural (*Diari de Girona*, Ona Catalana, Produccions del Corcó...).